信州山田温泉紀行「みちの記」より

史実譚

鷗外と秋月の人

―異聞　臼井六郎最後の仇討ち―

増田育雄

▼目　次▲

第三章　臼井六郎の仇討譚

「森家系譜附西家・林家」参照・略系図

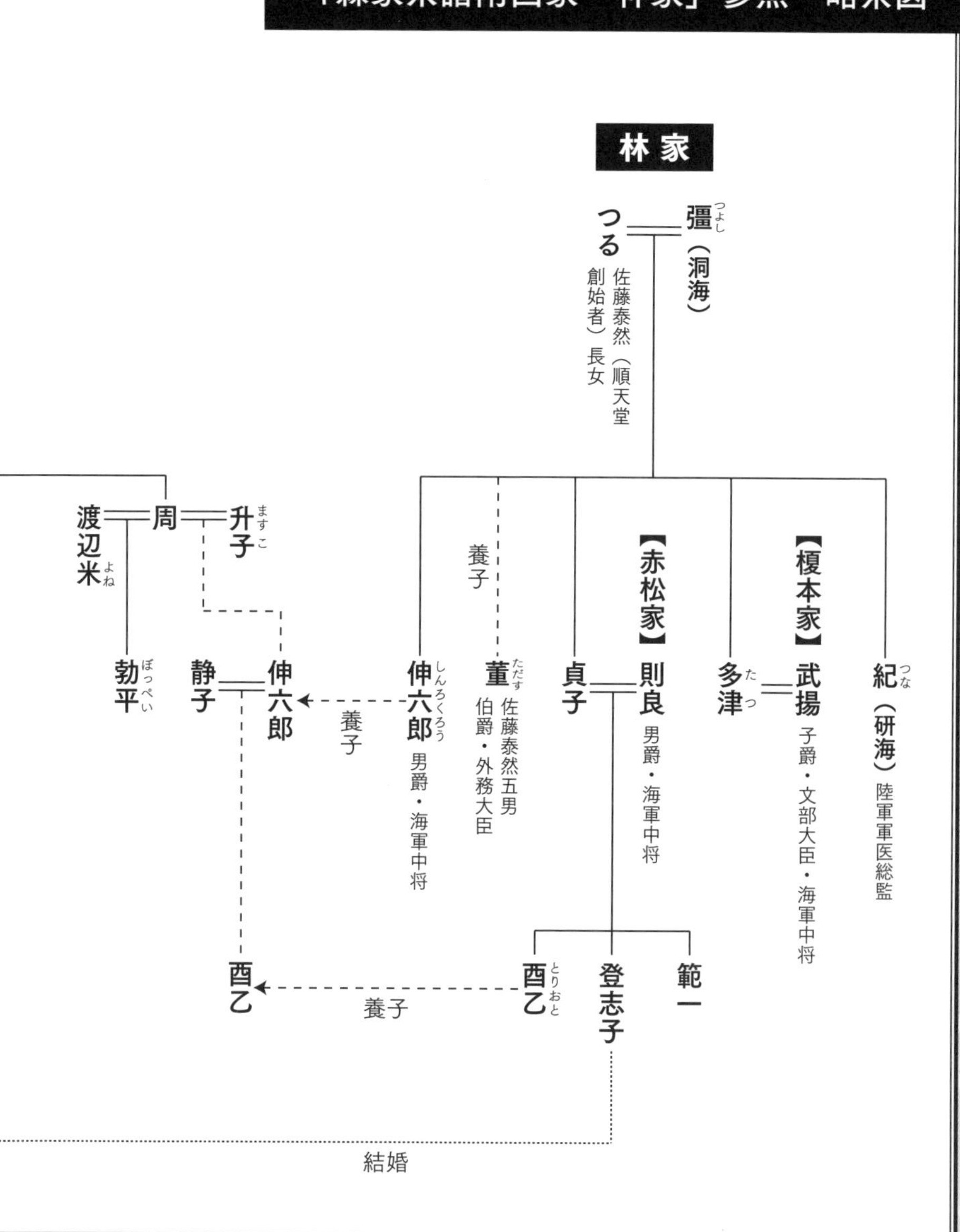

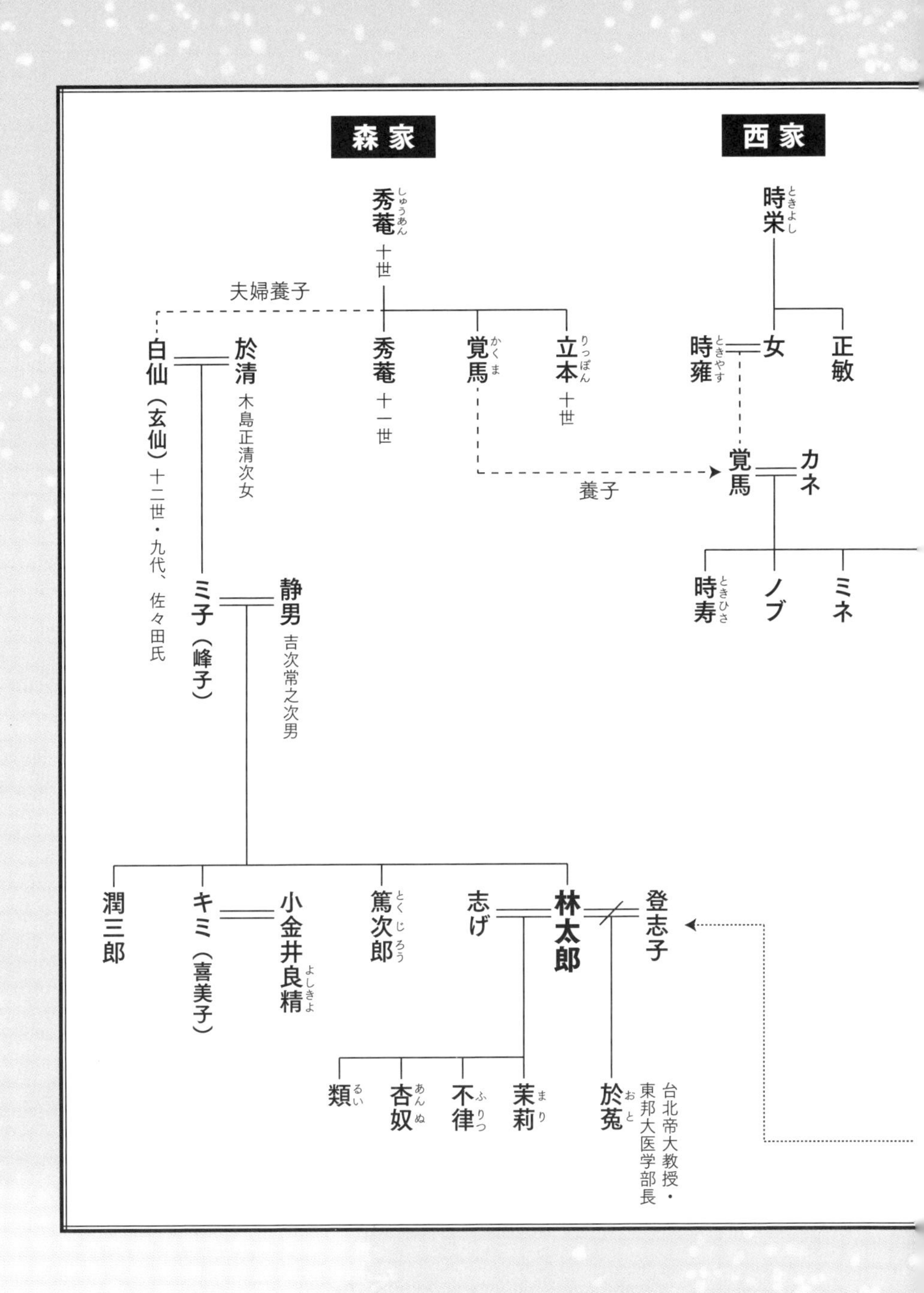
森家
西家
秀菴（しゅうあん） 十世
夫婦養子
白仙（玄仙） 十二世・九代、佐々田氏
於清 木島正清次女
秀菴 十一世
覚馬（かくま）
立本（りっぽん） 十世
時栄（ときよし）
時雍（ときやす）
女
正敏
養子
覚馬
カネ
時寿（ときひさ）
ノブ
ミネ
ミ子（峰子）
静男 吉次常之次男
潤三郎
キミ（喜美子）
小金井良精（よしきよ）
篤次郎（とくじろう）
志げ
林太郎
登志子
類（るい）
杏奴（あんぬ）
不律（ふりつ）
茉莉（まり）
於菟（おと） 台北帝大教授・東邦大医学部長

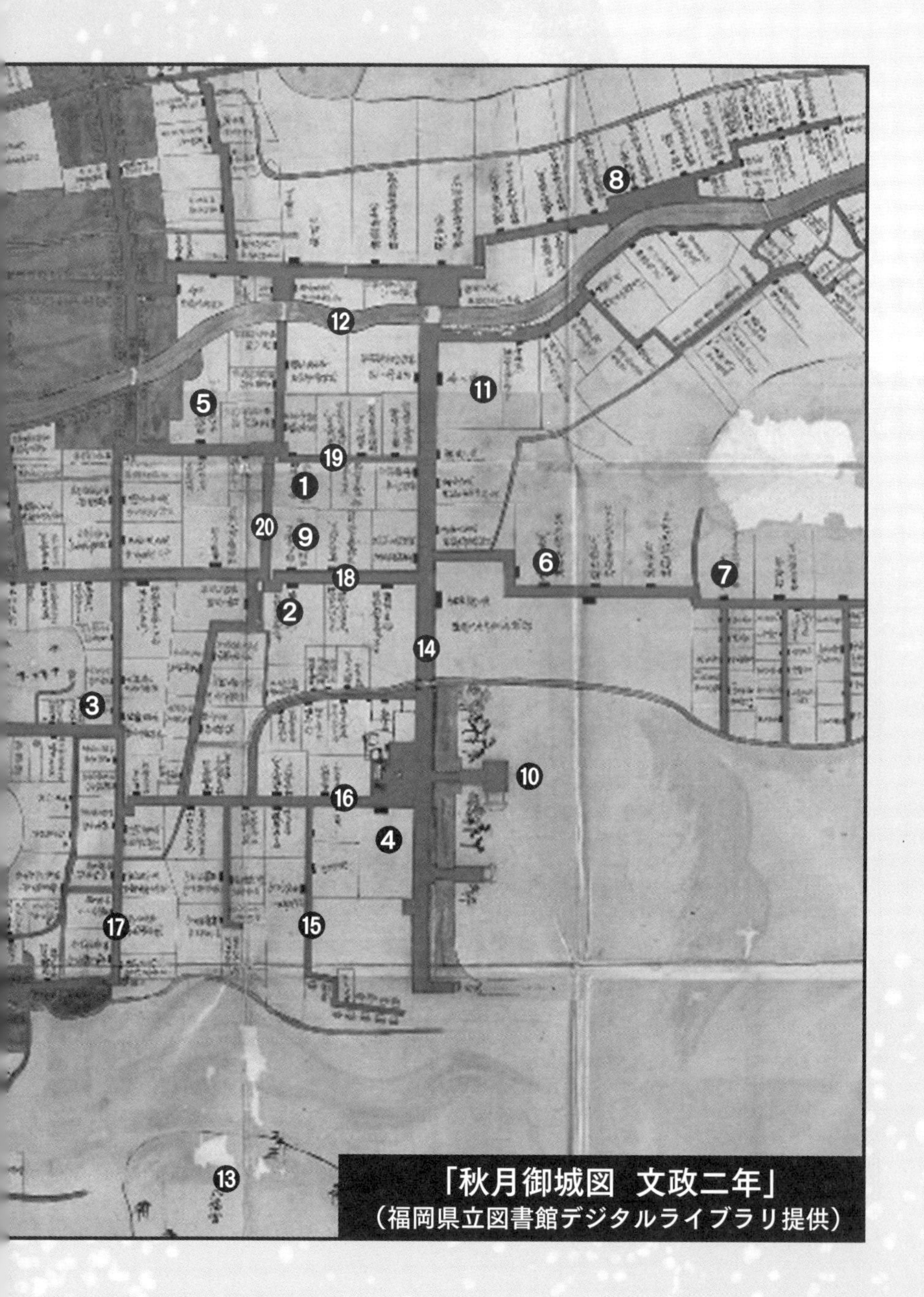

「秋月御城図　文政二年」
（福岡県立図書館デジタルライブラリ提供）

❶ 臼井亘理邸
❷ 吉田悟助邸
❸ 中島衡平邸
❹ 蓑浦主殿邸
❺ 田代四郎右エ門邸
❻ 渡辺助太夫邸
❼ 上野四郎兵衛邸
❽ 木付助九郎邸
（木付篤の実家と思われる）
❾ 白石杢右衛門邸
❿ 御城（御館）
⓫ 稽古館（藩校）
⓬ 野鳥川
⓭ 秋月八幡宮
⓮ 杉ノ馬場
⓯ 浅ケ谷
⓰ 原小路
⓱ 浦泉
⓲ 南中小路
⓳ 北中小路
⓴ 門無小路

※「明治維新當時秋月住居者」及び「物語秋月史幕末維新編」所収の「幕末期の秋月藩屋敷図」を参照の上、場所を比定。許可をいただき、丸数字を筆者の責任において地図上に付した

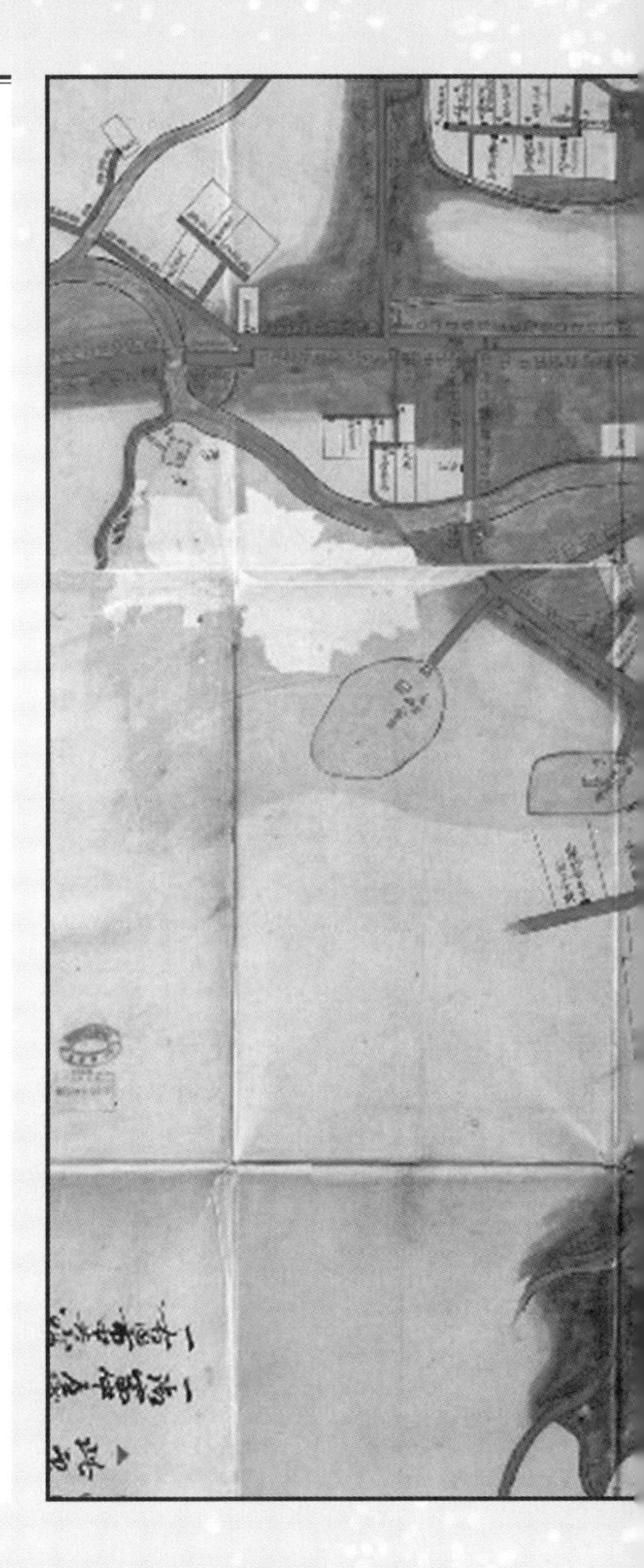

第一章　鷗外の結婚

上野花園町を出立

人は誰しも大なり小なり屈託を胸に抱えて生きている。

それをきれいに払い除け、澄みきった碧空(あおぞら)のように晴れ晴れできることは稀である。

かくも偉大なこの人とて例外ではなかった。

足跡を辿るなかで、あらためてそんな思いを強くした。


この頃というのは、森林太郎(りんたろう)が、人生において最も懊悩(おうのう)を深くし、また人生を左右するほどの岐路に差しかかっていた時期であった。

明治二十三年（一八九〇）一月、鷗外と号して『舞姫』を発表し、一躍世に広く知られるようになっていた。本務は陸軍省医務局の軍医である。

陸軍二等軍医正に任命され軍医学校教官としての激務をこなすかたわら、文芸雑誌「柵草紙(しがらみ)」を創刊し、また、医事関係の雑誌「衛生新誌」、「医事新論」等を創刊したばかりであった。

「しがらみ草紙」は、訳詩集「於母影(おもかげ)」を「国民之友」に発表した稿料五十円が出版元の「民友社」から入り、これを元手に作った雑誌である。この訳詩集は北村透谷や島崎藤村らに新体詩の世界をひろげて見せ大きな影響を与えたのであった。

書かねばならない原稿が山積していた。ドイツ留学の成果を存分に活かしていかなければという使命感、また気負いもあったであろう。そのほかにも、陸軍衛生会議の次官や兵食試験委員などを務め、何万何十万という兵士の健康に関わる重要な職責を担っていたのである。

兵士たちの中に脚気に罹患（りかん）するものが多く見られ、その原因についての論争もあった。そんな時にはたとえ上官といえど一歩も引き下がることなく徹底抗論した。それは鷗外の自信であり、矜持（きょうじ）であった。陸軍は脚気の原因を細菌によるものとした。これは鷗外がドイツ留学中に師事したライプチッヒ大学のホフマン教授の学説に沿うものであった。一方の海軍は米食に偏った栄養面の問題として捉え、意見が互いに対立していた。兵食実験もしたが、結果は陸軍にはなはだ分が悪いものであった。他にも、「第一回日本医学会」開催への反対論を唱えるなど、鷗外は自分の信ずるところを主張し、上層部に反感を買うところがあった。

さすがにこうした対立、論争は鷗外の神経を疲弊させていた。そんな多忙で煩瑣（はんさ）な状況にあったが、やっと自由の時間を得ることができた。夏季休暇が取れたのである。

上野花園町の自宅二階の書斎で、上野発朝六時の一番汽車に乗るため支度を急いでいた。

鷗外新婚当時の旧宅　上野花園町11番地（現台東区池之端3-3-21）に在った赤松家の持家。「鷗外荘」と称され、旅館として長く存続していた（文京区立森鷗外記念館所蔵）

昨年三月に結婚してから一年半、まだ新婚といってよい時期であった。

しかも新妻の登志子は臨月に入り、あと一カ月足らずで子供が生まれるという状況であった。一人勝手に旅行などできるわけもなかったのであるが、「東京新報社」から紀行文の原稿依頼を受けたこともあり、自宅からしばし離れる口実ができた。これまでほとんどが公務の旅行であったが、今回は一切職命をおびていない気ままの旅であった。

二十三年八月十七日の早朝である。家の二階の窓から眼下に不忍池がぼんやりと覗き見えた。「雨に降られそうだな……」と、窓から体を乗り出して空を眺めた。傘を持っていかなければと思った。ドイツ留学中にさんざん使い、長旅を共にして来た愛用の蝙蝠傘（こうもりがさ）である。

まだはっきりと行き先を決めかねていたが、信濃方面に行ってみようと考えていた。とりあえず碓氷峠を越えて……、さて、それから先はどうするか。

信濃路は、明治十五年（一八八二）、陸軍省に入省して二年目の頃、新米（しんまい）軍医として徴兵検査の任務で出張し、このあたり一帯を回ったことがあった。渋、湯田中など良い温泉があることも知っていた。また、鷗外はかつてベルツ博士から山田温泉について聞いた記憶があった。

東京医学校本科（現、東京大学医学部）在学時にドイツから迎えられたベルツ先生の教えを受けた一人であった。ベルツ先生は多くの医学生たちの中にあって、特に森林太郎のことを印象深く記憶していたようである。最年少で、しかも極めて優秀であったからであろう。

ベルツ博士が伊香保や、草津、箱根大涌谷（おおわくだに）等の温泉地に出かけ、温泉の医学療法を研究していることはよく知られていた。特に草津温泉の効能には注目したようで、今もその足跡を色濃く残している。

長野県の山田温泉は、この頃まだ東京方面では一般には知られていなかった。

それだけに「山田温泉」に何か未知なるものへの期待が膨らんできた。

「行ってみるか」と鷗外は思った。

依頼された紀行文を書くための原稿用紙をポンポンと机の上で揃えた。

さてこの白紙の升目にどんな記事が埋められるだろうか。鉛筆や筆なども鞄(かばん)の袖に仕舞い込んだ。

鷗外は旅をするには動きやすい洋服で、靴を履いて行くのがよいかと迷ったが、陸軍軍医としての煩瑣な公務から離れ、自分に戻って自由な旅をするには気持ちの寛(くつろ)ぐ着物のほうが良かろうと考え直した。それが実は間違いであったことに、旅に出てから思い知らされることになる。

旅行に必要な携行品や下着、草鞋(わらじ)など、弟の篤次郎(とくじろう)や、女中頭の老女らがおよそ用意してくれていた。他には、これもあった方が良いかと思いついた物を皮鞄(かわかばん)に詰めた。

棒砂糖(ぼうざとう)もその一つである。棒砂糖は円錐形(えんすいけい)の蝋燭(ろうそく)のような形状に砂糖を固めたものである。疲れた時には小刀で削って口に含めば力が湧いて来る。携帯にも便利であった。

夏用の薄手の着物に袴(はかま)を履いて身支度を整えた。

先日、妻登志子には、夏休み休暇を利用して信州方面に出かけて来ることを話しておいたが、大きなお腹を撫でながら、「さようですか」と目も合わせようとしない。

「臨月の妻を残して勝手なことをなさいますね」といった表情がその顔に見えた。

お互いお腹の子のことを思い、ぶつかり合うようなことは出来るだけ避けるようにしている。

今朝はまだ起きてこない。いや起きているのだろうが部屋から出てこない。

鷗外は障子越しに、「では、出かけるよ」と見送りを期待するでもなく声をかけた。

「行ってらっしゃいませ」と小さな返事が聞こえたような気がした。

朝、まだ五時を回ったばかりである。早立ちの鷗外のために、竹皮に包まれた朝飯の焼き握りの弁当もできていた。

鷗外は焼き握りが好きである。千住にいる頃、母峰子が弁当によく焼き握りを持たせてくれたのである。具にはいつも炒り卵や小魚の佃煮などが入っていた。

それを良く知る弟の篤次郎が兄のため女中に言って用意したのであった。

篤次郎は兄の好みをなんでも承知しており、よく気が回った。鷗外は篤次郎を何かにつけて頼みにしていた。

不在中の客や出版社や新聞社への応対など、留守の間のことを篤次郎に託した。

花園町の家は男爵赤松家の持ち家であり、三和土（たたき）が広かった。すでに草履（ぞうり）が揃えてあった。

鷗外は玄関に出て来た。上がり框（かまち）から足をゆっくり下ろし、草履の鼻緒に足の指をぐっと深く差し入れた。皮鞄の持ち手を握り締め、重さを確かめるように掴み上げた。傘も持った。

見送りのため、女中たちは玄関先に立っていた。

奥の座敷のほうから大きなお腹を押さえながら登志子が出て来た。

鷗外は、「では行ってきます。しばらく留守を頼みます」と、居並ぶ登志子の二人の妹や鷗外の弟たち、そして女中や下男にも声をかけた。振り返ると、登志子と視線が合った。

「では、出かけます。体を大切にしなさい」といたわりの声をかけた。

登志子の顔は心なしかほころび、「どうぞお気をつけて……」と頭をゆっくり下げた。

老女中が「お殿様、お気をつけて行ってらっしゃいませ」と言った。

この老女中は、鷗外と登志子が花園町に引っ越すにあたって、赤松家から差し向けられて来たのである。たいへん髪を結うのが上手で、登志子が赤松家にいた頃は、伯母の多津子の髪もよく結っていた。そこで、花園町の家にこの伯母がちょくちょくやって来るようになった。

伯母の夫は榎本武揚である。この頃は海軍中将であり、かつ山縣有朋内閣の閣僚文部大臣の地位にあった。

鷗外は老女中の「お殿様」という言葉を聞くと背中がむず痒くなるようで一向に馴染めずにいた。

老女中が「お殿様」と言えば下の女中たちも同じようにそう呼ぶことになる
鷗外が「お殿様」という呼び方を改めるよう言っても、男爵赤松家からやって来た女中だけに直そうとしない。これが「赤松の格式でございます」と言いたげな目をする。

篤次郎と潤三郎のことは「若殿様」あるいは「若様」と呼んだ。篤次郎は芝居がかったことが好きであったから、この若殿様という言い方がたいそう気に入っていた、良い気分であったようだ。

弟の篤次郎、潤三郎の二人が上野の停車場まで荷物を持って行くというのを断わって玄関を出た。

東照宮の脇をぬけて行こうかとも思ったが、不忍の池に沿った道を選んだ。左側に動物園、恩賜公園の森が続き、右には不忍池が見えている。

動物たちはまだ眼を覚ましていないのか、静かであった。鳥が時折けたたましく鳴き声をあげた。登志子の妹たちや女中たちは、夜半何やらわからない猛獣の鳴く声が聞こえて来ると、「怖い」と怯え、気味悪がった。

上野動物園は明治十五年（一八八二）に開園され、休日には見物客で賑わっていた。

雨が降りそうな雲行きで、夏の朝空にしてはすこし薄暗く思われた。

ポツポツと顔に数滴降りかかった。蝙蝠傘を持っていたが、傘を開くまでもないので小走りに停車場（ていしゃじょう）に入った。

ホームにはすでに汽車が待っていた。石炭の燃えるガスの臭いが辺りに漂っていた。

やがて、出発の合図の汽笛がボーッと唸りをあげ、午前六時、一番列車が力強く蒸気を吐き出しながら上野停車場を離れて行った。

林太郎のドイツ留学

森林太郎（りんたろう）・鷗外は官命を受け、明治十七年（一八八四）八月二十四日、衛生学研究のためドイツのベルリンに向けて横浜港を出発した。

鷗外がドイツに留学することになった時、父親の森静男がその報告のため西周（にしあまね）のお宅に伺った。

西は殊の外喜び、「私も近頃は医者に掛かることが多くなりましたが、林太郎は何を専門にするつもりなのでしょうか」と訊（き）いたそうである。

父の静男が、「衛生学とか申しておりました」と答えると、西は、「そうですか、臨床医ではないのですか」と落胆の色を浮かべたという。林太郎を自分の主治医にと、このところ医者がかりの多くなった西はひそかに期待していたのである。

それでも子供の頃から手塩にかけてきた林太郎が留学生に選抜されたことは誇らしく、たくさんのお餞別を渡してくれたそうである。

鷗外は、同年十月十一日、ベルリンに到着し、挨拶廻り等あれこれ済ませ、二十二日からライプチッヒ大学のホフマン教授に師事した。

翌、十八年十月十一日、ドレスデンに移り、ザクセン軍医監ロートに師事し、二月にはドイツ語で「日本兵食論」や「日本家屋論」などの論文作成にかかった。そして、「日本兵食論」の大意を石黒忠悳（ただのり）軍医監に送っている。

先進国ドイツの街並みの豪華さには目を奪

明治19年（1886）8月27日
鷗外ドイツ留学中の記念写真
ミュンヘン・シュワンターレル町の写真館にて撮影された。左より岩佐新、原田直次郎、森鷗外
（文京区立森鴎外記念館所蔵）

われた。石造りの風格のあるビルや力強く蒸気機関車が発着する停車場（駅）の立派なことや、お洒落なレストランや洋品店等、見るもの聞くものみな珍しく大いなる刺激を受けた。

石見国（いわみのくに）津和野藩の代々続いた御典医の家に育ち、父母の期待に縛られながらも、それを窮屈と感ずることもなく素直に従ってきた。神童と言われその評判に恥じないようにも生きて来た。しかし、ドイツに来てからは、自由で清新な空気、まばゆいほどの高度な文化、科学に触れ、束縛から放たれた鳥のように自由を謳歌した。

パナマ帽にステッキを手にして気どった姿の写真が何よりそれを物語っている。

国家の期待に応えるべく学究に努力したのはもちろんであったが、画学生 原田直次郎らとも親交を結ぶなど、心を解き放つなかで西洋の芸術、文化から多くのものを吸収し、そうして得たものは大いに後の鷗外の文芸において糧（かて）となった。

ドイツ留学においては、主に「衛生学」や「細菌学」等を学んだ。これまで鷗外が、医者として患者を診察したのは、父の医院を手伝った時くらいのものであった。自分でも、臨床医より研究の道が性に合っていると思っていた。

しかし、帰国した後は、軍医として地位が上がるにつれ、次第に「医事行政」の仕事が中心になって研究する機会も少なくなっていった。

二十年（一八八七）四月、ベルリンに移り、ベルリン大学のロベルト・コッホ教授に師事した。

コッホは細菌学の第一人者で結核菌やコレラ菌の発見などで世界的に有名な医学者であった。

このコッホの研究室で鷗外は北里柴三郎との交流も生まれ、その優秀さには大いに刺激された。北里は二年後には破傷風菌の純粋培養に成功し、その翌年には血清を作ることに成功した。その後、ペスト菌を発見するなど細菌学者として世界的に知られるようになっていった。

鷗外は、こうした超一流の研究者たちのなかにあって大いに研究意欲を触発されたのであった。

二十年九月二十二日には、カルルスルーエで万国赤十字社総会が開催された。

この総会に出席するため日本から上官の石黒忠悳軍医監がベルリンにやって来た。

森林太郎は石黒軍医監に代わり、世界からやって来た多くの参列者を前に日本代表としてドイツ語で見事に演説した。石黒は森の演説ぶりに大いに満足した。

石黒は万国赤十字社総会終了後もベルリンに滞留した。

エリーゼ・ヴィーゲルト来日の謎

二十一年七月五日、鷗外は四年間のドイツ留学の任期を終え、上官の石黒忠悳らと船でベルリンを発って帰国の途についた。

同年九月八日、ようやく横浜港に着いた。二カ月余に及ぶ長い航路であった。

ところが、その四日後の十二日には鷗外を追いかけるようにして、一人のドイツ人女性が横浜港に着いたのである。

森家にこのことがすぐに知れた。母の峰子は、森家の由々しき事態として、「なんとか林太郎の傷にならないように」と、この問題の解決を図ろうとした。とにかく穏便に女性をドイツに帰さなければならないと焦燥していた。

鷗外は父母、特に母の懊悩ぶりには衝撃を受け、さすがにたじろいだ。「女性とは特に深い関係ではありません。ただの知人ですよ」と言い、さらに「会うつもりもありません」とまで言った。そうは言っても、このことが陸軍医務局の上層部や西周（あまね）に知れればただでは済まなくなると、母峰子は懸念した。そして、鷗外の妹喜美子の夫で東京大学医科教授の小金井良精（よしきよ）と篤次郎（とくじろう）の二人に対処させることにした。

この辺りの事情については小金井喜美子の『鷗外の思ひ出』の中に書かれているが、必ずしも事実そのままではないと思われるところもある。

鷗外の弁明に沿ったものであり、また夫の小金井良精から間接的に聞いたことを書いているのである。喜美子はその女性のことを、「エリス」と称していたが、その実像が掴めていたわけではなかった。

小金井と篤次郎は足繁く、エリスが滞在している築地の「精養軒」に通って話し相手になった。エリスは見知らぬ異国の地に来て鷗外の他に知人はいない。

当の鷗外はまったく姿を見せない。弟と、妹の夫と名乗る二人が顔を出すだけであった。

それなのに、彼らを喜んで迎え入れたということである。

「悪気の全くなさそうな素直な女性」と、良精は見て取り、喜美子もそう思ったのである。

芝居好きの篤次郎はこういった対応には長けており、エリスの気持ちに寄り添いながら東京見物をしたり買い物をしたり、よく付き合った。

篤次郎は、明治二十三年に兄鷗外と同じ東大医学部を卒業し医院を開業したが、歌舞伎等の演劇に熱情を傾け、三木竹二の筆名でよく知られた演劇評論家でもあった。むしろこちらが本業と言っても良いほどの力の入れようであった。

良精と篤次郎のお世話の甲斐もあり、エリスの気持ちはだんだん打ち解けてきていた。

「エリスの気持ちを柔らげ、こちらの様子をも細かに種々話して聞かすために、暇のあり次第、毎日主人は精養軒に通いました。あちらも話し相手が欲しいので待っています。お兄さまは時間の厳しいお役所の上、服も目立つのでお出に成りません」と喜美子は述べている。

目立つ服とは軍服のことである。鷗外は軍服でいることが多かったのである。

「お兄さま」とは鷗外のことであり、篤次郎のことは「お兄さん」と呼んでいた。この使い分けが森家における鷗外の立場をあらわしている。

およそ一カ月が経過した。エリスにも次第に森家の事情が分かって来たらしく帰国することになった。その日程が決まったところで、ようやく鷗外も顔を見せることになったというのである。

ドイツ在住の作家 六草いちかは、その著書「鷗外の恋　舞姫エリスの真実」の中で、『舞姫』作中の「エリス」を追いかけ、丹念に探究の足を延ばしている。

名前は?、その生まれは?、素性は?、と迫っていった。

エリスは『舞姫』の中では劇場の貧しきダンサーである。

喜美子はエリスを「路頭の花」と称している。行きずりの女性、娼婦といった類いの女性であると想像したのであろう。鷗外が「普通の関係」と言い訳したからである。

では、何のために「普通の関係」の女性が追いかけるように日本にやって来たのか。渡航旅費は大金である。そうやすやすと出せる金額ではない。いったいその旅費をどう工面したのか、なんとも謎だらけである。

エリスの来日は森家に大騒動をもたらした。

鷗外が言うとおり「普通の関係」であるならば、森家とは何の関係もないはずである。森家が右往左往(うおうさおう)しているのは解せ(げ)ないし、どこに行こうとエリスの勝手であるはずなのにホテルに押しとどめるようにしたのは何故なのか。

また、膨大な旅費をはたいてやって来たエリスをドイツに帰そうとしたのは行き過ぎであろう。そんな権利が森家にあるはずがないと、誰しも疑問に思うところである。

エリスが反発しないのもおかしいし、ありえないことである。

六草いちかは、エリスが鷗外を追いかけるように横浜港に着いたという船の乗船客名簿の中に、「エリーゼ・ヴィーゲルト」の名が発見されたことを記している。

そしてこの「エリーゼ・ヴィーゲルト」こそ『舞姫』のエリスであろうと推定している。帰国の乗船名簿にもこの名前があったのである。

喜美子はその著書『森鷗外の系族』の中で、「小金井が旅費、旅行券など取り揃えて渡した。出発の当日はお兄様も顔を見せ、小金井、篤次郎の三人で見送った」と述べている。鷗外は、服装が目立つためエリスと会わないと言っていたが、実はエリスが横浜港から旅立つ日の二人の様子から見て密かに会っていたのではないかと、この時はじめて小金井も篤次郎も察したようであった。

ほとんどホテルに籠るほかないエリス否、エリーゼが、無邪気で穏やかな様子であった不思議がここに至ってようやく腑に落ちたのであった。

鷗外とエリーゼは密かに会っていたのである。そして、何か約束でもしたのであろう。エリーゼが横浜港から船に乗っておだやかに出発したのは、来日から三十五日が経過した明治二十一年十月十七日のことであった。「おだやかに出発した」ということは納得する何かがあったということにほかならない。

いずれにしても、森家にとっては、「家を興隆すべき大事な大事な存在であるお兄さまにさしたる障りもなく済んで森家の皆がほっとした」と喜美子も胸を撫で下ろしたのであった。

石黒日記から見たエリーゼと森林太郎・鷗外

長いこと、鷗外がエリーゼの来日に関係していたか否かについては不明であったが、昭和五十年に鷗外の上司、石黒忠悳（ただのり）が遺した「石黒日記」が現れ、この中に鷗外とのやり取りが記されていた。石黒は、明治二十年（一八八七）九月二十二日、万国赤十字社国際大会に参加するため、ドイツにやって来ていた。鷗外は石黒に代わって日本を代表して演説し、見事に大役を果たした。石黒が満足したことは先述の通りである。

石黒の日記には、「森」、「森林太郎」、時には「多木子（たきし）」といった名前で、鷗外の名が度々登場する。側近として頼りにし、その才を高く評価していたことがわかる。

「多木子」というのは、「森」という字が三つの木から成り立っており、林太郎の「林」の字にも二つの木がある。つまり、鷗外の名前にはたくさんの木があるために「多木」であり、「子（し）」は敬称である。

石黒は筆マメな人で、その日の天気、お金の使途や現地妻のことなど日常の些細なところまで記録していたが、ただ悪筆というか、たいへん字に癖のある人であった。

これを竹森天雄氏が苦労をして判読した。その労作が「石黒忠悳日記抄（しょう）」として残されている。

石黒はじめ鷗外らは帰国のため、二十一年七月五日夜の九時、ベルリンの停車場に集合し、汽車に乗ってアムステルダムに向かった。その記録は日記に次のように書かれていた。

「七月五日　曇　……（略）九時停車場ニ至ル諸士蝟集九時二分発車　此車ハハンノーフルヲ経テアムステルタム至達スルモノナリ……（略）蒼山窃ニ来リ送ル……（略）夜二時天微ニ明カナリ車中森ト其情人ノコトヲ語リ為に愴然タリ後互ニ語ナクシテ仮眠ニ入ル」

「蒼山窃ニ来リ送ル」とあるのは、石黒がベルリンで契約した現地妻（これを伏せるため「蒼山」と称して日記に記されている）がひそかに見送りに来たというのである。

石黒と「蒼山」との関係は金銭を伴う関係に過ぎないが、それでも別れの情は切ないものがあったようで、ましてや森林太郎の場合は相思相愛の「恋」であるから、その切なさはいかばかりかと同情している。夜汽車の中、しかも深夜二時、林太郎は上官の石黒にしみじみ恋人とのこと、その心情を吐露していたのである。

鷗外からその情人（恋人）とのことを聞かされ石黒は同情を禁じ得ず、痛ましく思われ言葉もなかったのである。鷗外の恋が叶わぬ恋であることは疑いもなかった。

また、石黒日記の七月二十七日の条には、次のように記されている。

「（略）今夕多木子報曰其情人ブレメンヨリ独乙船にて本邦に赴キタリトノ報アリタリト……

（略）」

つまり、「彼女がブレメンからドイツ船に乗り、日本に向かったという知らせがありました」と、鷗外が石黒に言ってきたのである。

石黒はさぞ驚いたであろう。

翌日二十八日には、汽車はマルセールに到着し、二十九日にはいよいよ船に乗った。

日本に向かう船中、家族たちの驚く顔が眼に浮かび、現実が鷗外の胸に迫って来たであろう。彼女が追いかけてやって来るのである。対策を講じなければならない。

実際、家族の驚きは予想以上で、さすがの鷗外もその対処には戸惑い、ドイツ人女性とは「特に深い関係ではない。ただの知人である。会うつもりはない」という言い訳になったのであろう。「恋人である」ことなど、おくびにも出さなかった。

石黒日記の記事は、この女性が鷗外の恋人であったことを如実に物語っていた。しかも上官の石黒はこの恋人が日本に来ることを知っていた。それどころか、帰国の船のなかで鷗外から相談を受けていたのである。

石黒忠悳　鷗外の陸軍省医務局の上司　陸軍省医務局長、軍医総監（国立国会図書館所蔵）

小金井良精は、築地の「精養軒」を度々訪れ、エリーゼと会って応対もうまく行っていた。

騒ぎが起きないうちにいずれ帰国してもらうよう図らっているところであった。

ところが、六草いちか著「鷗外の恋　舞姫エリスの真実」によると、「林太郎の手紙を持参す。こと敗ぶる。ただちに帰宅」(小金井良精の日記、十月四日の条)と、なにやらとんでもない事態が起きたことがほのめかされ、その後は説得どころではなくなっていく。

『こと敗る』の内実は明らかではないが、鷗外の手紙の内容に関係しているようであった。

しかし、『こと敗る』の事件の後、小金井はこの件を避けるかのような日々を過ごした。

一週間ほど経ってから、鷗外の親友賀古鶴所が小金井を訪ねて来て、「鷗外のことで話し込んだ」ことが再び日記に記されたのである。

『林太郎の手紙』が『何か』を引き起こし、そのために賀古が奔走したのであろう。

事実、その翌日に小金井が精養軒を訪ねたときには「恋人の帰国の準備がすでに整っていたことが明らかになった」のである。エリーゼが穏やかに帰国したのは、鷗外が親友賀古鶴所に相談した上で、手紙の内容を修正し、エリーゼが納得するような返事をしたからではないだろうか。

つまり、陸軍省に辞職願を出そうとしていたのではないか、そして、ドイツに必ず行くという密約をエリーゼと交わしたのではないかという驚くべき疑念が浮かび上がってくる。

鷗外が本気でドイツに行こうとしていたか否かは憶測の域を出ない。

ただし、その後もずっとエリーゼを恋しく思っていたであろうことは、長男の於菟や次女の杏奴が後年述べていることからもどうやら事実であると思われる。

しかし、実際は長い船旅をしてきたエリーゼをドイツに追い返してしまったのであった。

鷗外は結局ドイツに行くこともなく約束を反故にしてしまったことになる。

このことは鷗外の心に深い傷痕を残すことになったようである。

鷗外と登志子の結婚の周辺

実は、鷗外がドイツから帰国する前から、結婚の話は進行していた。

西周は、「小さい時から知っている。林の嫁はあれに限る」（小金井喜美子『鷗外の思ひ出』）と言い、森家でも、親戚であり明治政府の高官である西周の言うことに否やはない、それどころか名門赤松家と結びつくことは林太郎にとってこの上ない後ろ盾となるもので、願ったりの縁談であると喜んだのである。

それが思いがけず、帰国早々、ドイツ人女性との問題が浮上し頭を悩ますことになったのであるが、なんとか事態は支障な

○陸軍省　有楽町一丁目
卿　陸軍中将参議兼議定官　正四位　勲一等　山縣有朋　富士見町一丁目十七番地
大輔
少輔　陸軍少将　正五位　勲二等　大山巖　霞ケ関一丁目二番地
大書記官
四等出仕　従五位　西周　西小川町一丁目一番地
権大書記官
少書記官

明治11年6月「改正官員録」より　「大書記官 四等出仕 従五位 西周」とある（国立国会図書館所蔵）

登志子　男爵赤松則良海軍中将の長女。明治22年(1889)3月に森鷗外と結婚。長男於菟を23年9月に生んだが、10月に離婚（文京区立森鴎外記念館所蔵）

く解決した。

「善は急げ」とばかりにこの縁談は進められた。

両親に対する孝心の厚い鷗外は、エリーゼ来日の騒動で両親の心を煩わせた後ろめたさなどから淡々と承諾したのであった。

西家と森家は共に津和野藩の亀井家に仕えた御典医の家柄で、親戚同士であった。

西周の父親は西時義、旧名は森覚馬と言って、森家から西家に養子に入った人である。つまり森家は西周にとって父親の実家である。西は、森家に生まれた久々の男子で、神童の声も高い林太郎に英才教育を施さんとしたのであるが、それは、むしろ母親の峰子が希望するものであった。西は林太郎を東京に呼び寄せ、自分の手元で育成しようと寄宿させた。両家はそれほどに縁が深いのである。

森家は、父静男が養子で性格も温厚であり、ほとんどは母親の峰子が家のことは取りしきっていた。この結婚は、西周と峰子と赤松家とで打合わせを重ね、とんとん拍子に進み、はじめから鷗外の意志を余所にことが運ばれていった。

この頃、西周は元老院議官従三位勲二等という高位、要職の地位にあった。この西周が勧めた相手というのは、海軍中将赤松則良男爵の長女登志子、満十七歳であった。この時鷗外は満二十八歳である。

新婚生活の軋み

鷗外は結婚するにあたり、下谷区根岸の「子規庵」の近くの借家に住むことになった。しかし、この新居は「庭の向ふを汽車が通るので、その度に家が震動するのと騒々しいので閉口した」と弟の潤三郎がその著書『鷗外森林太郎』に書いている。

眼の前を汽車が耳をつんざくような轟音をあげて通るのだからさぞや肝を潰したことであろう。

そこで、鷗外と登志子は赤松家の持家である上野花園町十一番地に引っ越すことになった。

ところが、今度の家は赤松家の持家で広いこともあって、登志子の妹、加津子と曽代子の二人も同居することになった。おまけに、赤松家で長年仕えていた老女と下働きの女も登志子の身の回りの世話のため同居したのである。

この老女は登志子のことはかゆいところまで手の届く人で親からすれば安心であった。

鷗外の弟の篤次郎、そして末弟の潤三郎も中学校へ通う都合で同居した。

賑やかな新婚生活となった。

登志子の両親も度々顔を見せていたようである。親から見ればまだ十七歳の少女であり、さぞ心配であったのだろう。鷗外にしてみれば赤松家の婿養子に入ったような気分であったに違いない。

こうした環境の中、陸軍省の本務の他に、文芸雑誌「しがらみ草子」を創刊し多忙を極めていた。夜は夜で、文士らの来客が多く、鷗外はこの雑誌に作品を発表し、文学論を活発に展開していた。幸田露伴、落合直文、市村讃次郎、井上通泰（柳田国男の兄）、賀古鶴所等がよく顔を見せ、夜遅くまで議論を交わした。

登志子は接客に努力をしたものの、気の廻らないことや、もたつくことも多く、時には不満顔が表に現れてしまうこともあった。鷗外は甚だ遺憾な思いで妻を観察してしまう。

赤松男爵家のご令嬢であり、世間で揉まれた経験もなく、女中らにかしずかれる身分であったのだから無理からぬことであった。

この他にも「医事新論」などの医学雑誌の編集や原稿書きもあり、登志子と心を通わせて会話をする時間などなく新婚生活とはほど遠い状況になっていた。

十七歳の登志子に鷗外の仕事や文学への思いなどを理解しろというほうが無理であった。

登志子が思い描いた甘い新婚生活とはほど遠いものであった。

そうした状況のなか『舞姫』が発表されたのであった。

先述のとおり、鷗外が横浜港に到着して四日後にそのドイツ人女性エリーゼ・ヴィーゲルトが追いかけるようにしてやってきた。

登志子もこの話はすでに耳にしていたことであり、これまでも思い出しては不愉快な気持ちにさせられていた。

それでも夫が登志子の心に少しでも寄り添ってくれたのであれば鬱屈もこれほどではなかったであろう。ところが、優しい言葉を掛けることもなく、花園町のこの新婚の家の二階の書斎に籠って、青い眼の恋人のことを思い浮かべながら『舞姫』を書いていたのである。

登志子は穏やかではいられなかった。

四年間のドイツ留学を終え、二年前に帰国したばかりの陸軍軍医、森林太郎には仕事上成すべきことが山積し、その期待に応えるべく奮励していた。若い妻の気持ちを斟酌（しんしゃく）する余裕はなかった。

一年半ほどの結婚生活に過ぎないのに、はやくも軋（きし）みが生じつつあった。

『舞姫』は留学時代の経験をもとに、ベルリンの街を舞台に、貧しくも麗しき少女と日本人留学生の悲しく切ない恋を、耳にも心地よい雅びな文語調の文章で書き綴ったものであった。

この小説は、徳富蘇峰が設立した「民友社」の雑誌「国民之友」に発表された。

鷗外の筆名はこの時初めて使われている。鷗外は世の話題を浚（さら）うように文壇に躍り出た。

陸軍省の公務と文学の両輪を回し始めた鷗外の身辺は実に多忙を極めていた。

『舞姫』のエリスとエリーゼ

『舞姫』は、「石炭をばはや積み果てつ。中等室の卓のほとりはいと静かにて、熾熱灯の光の晴れがましきも、いたづらなり。こよひは、夜ごとにここに集ひ来るカルタ仲間もホテルに宿りて、船に残れるは余ひとりのみなれば」と、帰国の途につく主人公太田豊太郎が、セイゴンの港に碇泊する船室にただ一人残って鬱々と卓に向かい、ドイツ留学中の顛末を文章に綴っていくというかたちで始まる。

その概要は次のとおりである。

「太田豊太郎は官長に認められ官費で文明の先端にあるドイツへの留学を命ぜられた。その光栄を身に纏い、大学での研究に励む。そして一人の貧しくも美しき舞姫（ヴィクトリア座の踊り子）エリスと出会い、プラトニックな切ない恋へと発展していく。留学生仲間の誰からか、二人の関係が歪曲されて上司に告げられ免官になってしまう。ついに太田豊太郎はエリートの座から転落した。その失意の中、深い関係に陥りエリスは妊娠してしまう。親友の相沢が、天方伯爵のもとで翻訳の仕事ができるよう豊太郎に救済の手を差し伸べてくれた。更には政府の要職にある天方伯爵の力を頼って官職への復帰ができるよう図らってくれたのである。そのためにはエリスとの離別を決断せ

山縣有朋　長州の下級武士の出身、吉田松陰の松下村塾に学んだ。陸軍大将、内務大臣、司法大臣、内閣総理大臣、貴族院議員等を歴任（国立国会図書館所蔵）

ざるを得ない。豊太郎はエリスと別れ日本に帰る約束をした。相沢からそのことが伝えられると、エリスは幸せの絶頂から突き落とされ、やがて精神を病んでしまう。生まれ来る子の襁褓（むつき）（産着（うぶぎ））を抱いてはすすり泣くという、まさに生ける屍（しかばね）となったのである。そんなエリスを抱きしめ、豊太郎は幾筋もの涙を流したのであった。豊太郎は子が生まれてからの生活が困らぬよう、相沢と図って資金を与え、エリスの元を離れるのであった」

『舞姫』作品中、主要な登場人物である太田豊太郎は森鷗外、親友の相沢健吉は賀古鶴所（かこつるど）、天方伯爵は山縣有朋がモデルと考えられている。

　山縣有朋はこの頃、内務大臣、陸軍中将、従二位勲一等伯爵であった。二十三年四月には内閣総理大臣になっており、明治政府きっての実力者であった。

『舞姫』が世間の評判になればなるほど、登志子にとってはこの小説が疎（うと）ましく思われた。愛するエリス、それもお腹に子を宿しているエリスを捨てて日本へ帰ってくる主人公太田豊太郎は夫の林太郎にほかならない。小説とは言っても割り切れない感情があった。

　林太郎が帰国した四日後にエリーゼが横浜港に着いた事実を知れば、なおさら『舞姫』のエリスと切り離して考えることなど出来なかった。

夫の声を聞くのも腹だたしくなり、目を合わせることも言葉を交わすこともだんだん少なくなっていった。一緒に外出したり、他愛もないことに笑い興じ、楽しく会話することなども無論ない。登志子は意地でもそんなことは出来なかった。

現実は夢見た新婚生活とはおよそかけ離れていた。

それでも一度だけ、千住に住んでいた鷗外の祖母の清（きよ）がお嫁さん（登志子）と会いたいと言うので、ちょうど千住の医師の会合があり、鷗外に何か話をしてほしいと言われていたので、良い機会と考え、登志子と連れだって出かけたことがあった。

祖母、両親も一緒に人力車を並べて行った。

その頃、鷗外はドイツ帰りのエリート軍医としてだけでなく、作家としても高名であったから会場は超満員であったようである。

この時、登志子は三味線を持って行き、長唄か何かを披露してみせた。

登志子が自分の意志で三味線を持参するはずもないから、新妻を連れて行くにあたり、挨拶代わりにと鷗外が登志子にそうするよう予め言っておいたものであろう。

会場の医師たちは鷗外の話をたいへん喜び、また登志子の長唄にも大いに満足したとのことであった。

鷗外の祖母清も両親の静男、峰子も大いに満足し嫁自慢をしたことであろう。

この時は誰もが和気藹々（あいあい）で、不運が訪れる予兆はまったくなかったのである。

第二章　信濃路 山田温泉への旅

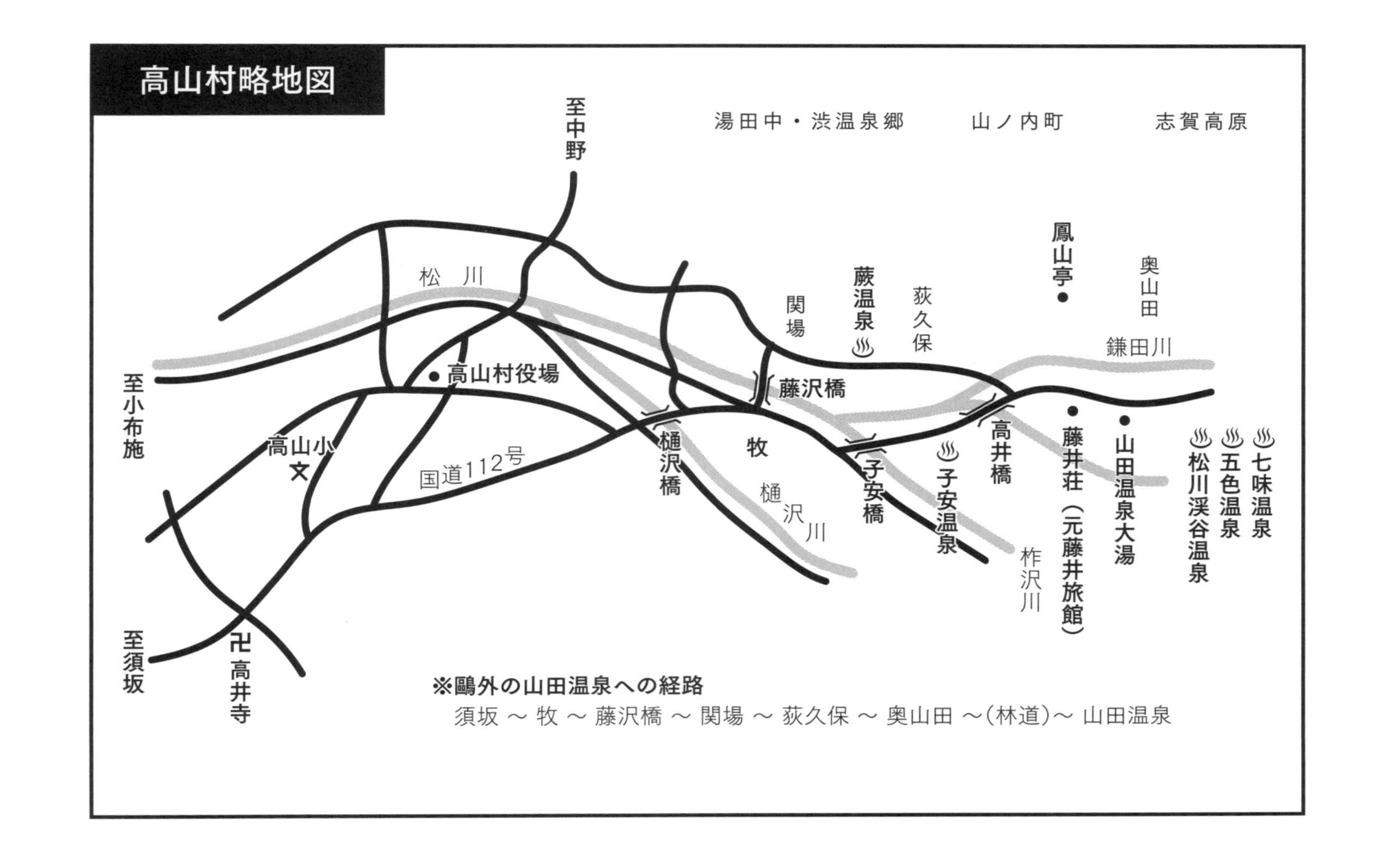

高山村略地図
至中野
湯田中・渋温泉郷
山ノ内町
志賀高原
松川
至小布施
高山村役場
高山小
文
国道112号
至須坂
卍高井寺
樋沢橋
牧
樋沢川
関場
藤沢橋
蕨温泉
荻久保
子安橋
子安温泉
高井橋
杵沢川
鳳山亭
奥山田
鎌田川
藤井荘（元藤井旅館）
山田温泉大湯
松川渓谷温泉
五色温泉
七味温泉
※鷗外の山田温泉への経路
須坂 ～ 牧 ～ 藤沢橋 ～ 関場 ～ 荻久保 ～ 奥山田 ～（林道）～ 山田温泉

上野駅から一番汽車に乗車

明治二十三年（一八九〇）六月、つい二月ほど前のことであった。日本全国にコレラが蔓延する事態となり、鷗外は「日本公衆医事会」を創設、また雑誌「医事新論」を創刊して啓蒙活動に力を入れていた。

陸軍軍医としての職分を果たす一方で、医事雑誌などで衛生医学における持論を展開し、上司ともぶつかっていたのであった。加えて、このところ妻との関係がますます乖離してきており、陰鬱な気分が続いていた。自分を取り戻したいと考えていた。この度の一人旅は好い機会であった。

汽車は、鷗外の屈託を後ろに吐き出すようにレールの上を力強く前進していた。

高崎線は十六年（一八八三）に上野・熊谷間が開業され、十七年に高崎まで延長され開通した。

汽車の窓から野良仕事をしている農夫の姿が見えた。

手を休め腰を伸ばしながら、汽車が煙を噴き出し轟音をあげながら走って行く様子を興味深そうに眺めていた。

初代上野駅舎　明治23年8月17日、鷗外はここから改札を通り、高崎線の朝6時発、一番汽車に乗車した（鉄道博物館提供）

鷗外は車中の人となり、どんどん後ろへと飛び去って行く窓外の景色を眺めながら、日本がこうして近代国家の建設に邁進（まいしん）しているすがたを頼もしく感じていた。

用意してもらった竹皮包の弁当を取り出し、車窓の田畑や家々を眺めながら、焼き握りを掴み取り頬張った。具はやはり炒り卵と、小魚の佃煮であった。梅干しも隅に一つ入っていた。

千住の家から陸軍省に通っていた頃、母の峰子が作ってくれた味と同じであった。よく気の廻る篤次郎（とくじろう）が女中に言って味見までして作らせたものであった。

「うまい」と思わず言った。すきっ腹にはなんとも旨かった。竹筒には湯冷ましまで入っていた。

熊谷停車場　明治16年（1883）7月28日、上野－熊谷駅間の日本鉄道第1期線として開業。右上に「熊谷町ニ於ケル時事新報汽車博覧会記念39.10.26」のスタンプが押されている。右側に人力車が3台、客待ちの車夫が2人見える（熊谷市教育委員会提供）

向かいの席の客が生唾を飲みこんだ。

汽車は上野を出ておよそ二時間後に車輪の擦れる軋（きし）み音をあげて熊谷停車場に滑り込んだ。懐中時計を取り出して見ると、八時六分であった。

熊谷と言えば、一ノ谷の合戦の「敦盛の最期」の豪勇として聞こえた熊谷次郎直実の名が思い出された。

「熊谷直実の郷里（さと）か……」と鷗外は独りごちた。

駅舎も地方の駅としては立派であった。次第に旅の人となっていくのを感じていた。

碓氷峠越え

途中、高崎で信越線に乗り換え、横川には十時三十分に到着した。横川まで来ると終点である。横川と軽井沢の間には難所で知られる碓氷峠がある。碓氷馬車鉄道に乗り換えた。

碓氷峠は大変急勾配で、当時の汽車では五百メートル以上の高低差がある急峻（きゅうしゅん）な峠を越えることはできなかった。

横川と軽井沢の間はおよそ五里である。横川から坂本、碓氷橋、熊ノ平、中尾橋、そして終点の軽井沢となる。やはり何と言っても難所である。この間（かん）、およそ二時間半の時間を要した。

下り坂は屈曲が多く、速度を落として曲がらなければ脱輪のおそれがあった。

この日は雨が降り悪路のためにずいぶんと時間を要した。

二頭の馬が軌道の上を箱型の馬車を引いて峠を上り下りする。

車体の長さは六尺（約一八〇センチ）、幅四尺五寸（約一三五センチ）である。車輪の直径は僅かに一尺（約三〇センチ）、両側の車輪の間隔は二尺三寸（約七〇センチ）である。客室内の中央に背もたれが据えつけられていて、両側から背中合わせに坐るのである。

客車は外から見れば、まるで「青ペンキ」で塗った木の箱のようであった。

車内には十二人の客が乗っていた。定員十名のところをギューギュー詰めにされ、狭い車内に閉じ込められて窮屈この上なかった。肩や腰がお互いにくっつき合って、膝は犬の牙のように交錯していた。おまけに作り付けの木の腰掛は硬くて、ブランケットを二枚敷いても、馬車の震動で尻の皮膚が破れそうなほどで痛くてならなかった。

馬車の左右には帆に使う分厚い木綿の帳（とばり）（カーテン）が下がっている。その上と下の部分には細長い金具が付いていて、それに帳の輪っかを通して開けたり閉めたりするのである。

急坂に差し掛かってからは、二頭の馬の喘ぎはいっそう激しくなっていった。レールの幅が極めて狭く馬車はひどく揺れた。その上、雨が降りかからないよう帳が閉まっているので、乗客たちの息が籠もって汗の臭いが充満し気持ちが悪くなった。頭がガンガンと痛み、その苦痛は堪えがたいほどであった。

この馬車鉄道は一日に四往復していた。その他にも貨物車が走行していた。馬車の行き来が激しくなって路が傷んでいた。

特に今日は雨が降ったために土が緩み、泥濘（でいねい）のため踝（くるぶし）が沈むほどであった。

碓氷馬車鉄道の図絵　碓氷峠を越えていく馬車鉄道の景色が描かれている。馬車には2頭引10人乗りと、1頭引5人乗り、1頭引きの貨車（荷車）があった。線路に沿って旅人らしき2人が歩いて行く様子も描かれている（鉄道博物館提供）

熊ノ平でレールが複線になり、向こうから来る馬車と待ち合わせをした。

また、碓氷橋と中尾橋のところで二度ほど馬の交換で待ち合わせをしたのであるが、この間、長いときは三十分も待たされた。

近くの茶店から茶菓子などを持って売りに来たが、誰もが皆疲労困憊し、気持ちも悪くなっていたので、飲み食いなどしようとする者は一人もいなかった。

下りになってからは霧が深くなり、背後から吹く風が寒く、すっかり夏であることを忘れてしまった。けれども、頭の具合は少しも良くならず、前に比べてなお一層痛くなってきた。

下りは速度が出すぎると危険であった。鉄製の車輪を木製のブレーキで押さえるのであるが、渾身の力で押さえながら下っていかなければ脱線して転がり落ちる危険性があった。

馬車鉄道の運賃は一人四十銭で、汽車賃とくらべると随分割高であった。

軽井沢停車場の前で馬車は終点となった。ちょうど駅員が汽車の出発を知らせる鈴鐸をチリンチリンと鳴らしていたが、鷗外は余りの苦しさで息も絶え絶えであったため、駅舎の長椅子に腰かけて休んだ。到底すぐに汽車に飛び乗る元気などなかった。

しばらくすると少し気分がおさまったので、目の前に見える「油屋」という旅館に入って休憩することにした。この旅館は、十五年二月、第一軍管徴兵副医官の頃、公務でこの地方にやって来て宿泊したことがあった。当時のことを懐かしく思い出しながらいつの間にか寝入ってしまった。

二時間ほどぐっすり眠った。頭がやや軽くなったような心地がした。

腹も空いて来たので遅めの昼食をとることにした。御膳に乗って信州の鯉が出てきた。

「おやおや、何かおめでたいことでもあったのかな」と、鷗外はようやく気分が回復し、そんな軽口を呟きながら御膳に箸を延ばした。

軽井沢から一汽車遅れの午後五時三十分発の信越線の汽車に乗ると、上野から同じ車両でやって来た人たちもまた一緒になった。お互い行きずりの人同士であるのに、百年も付き合って来たかのように親しげに会話しては笑い合ったりしている。旅は道づれと言うが、こうした浮かれ気味な馴れ合いにはたいへん苦々しい思いがした。もしこの人たちのように、こんな所でちょっと再会したくらいで、親しく交わることを求められたら何をかいわんやである。御免こうむりたい。

停車場の周りは、葦（あし）などが人の背丈より伸びていた。

汽車が進んで行くにつれて、蘆（あし）の葉もまばらになって、桔梗（ききょう）の紫の花や、女郎花（おみなえし）の黄色い花、芒花（すすき）の赤い花などが深い霧の中に見えた。

蝶が一つ二つ、翅（はね）を重たげにヒラヒラと飛んでいた。

やがて霧が晴れてきて、夕日が木梢（こずえ）を射し、またあちらこちらに見える断崖の白いところを照していた。気が付くと虹が一つ、近くの山の麓から大きく半円を描いていた。

灯がともり始めた夕方七時頃、上田に着いた。「上村（うえむら）」という宿に泊まることにした。

この「上村」も軽井沢で休憩した「油屋」と同じく第一軍管徴兵副医官の任で来た時に宿泊したことがあった。

牛の背に揺られ山中行（さんちゅうこう）

十八日朝、上田の旅館「上村」を出立する。上田停車場から信越線直江津方面の汽車に乗車した。

鷗外が中等室に入って行くと、一人の英吉利（いぎりす）婦人が窓際の席に座っていた。「カバン」の中から英文の道中記（旅行案内）を取り出して読み始めた。眼鏡をかけて車窓を流れる山を眺めていたが、「この山三千尺と書いてあるけれど、見た所それほど高くないわね。ずっと低いわよ」などと言う。

鷗外は、「実に英吉利人はどこに来てもやはり英吉利人だ」と誇張表現の妙を理解できないのだろうと思い笑った。

長野に出た。一時間十数分で到着した。長野で汽車を下りて、ここからは人力車を雇い、須坂に向かった。この間に信濃川にかかった舟橋があった。水が澄んでいて川底が見えていた。浅瀬の波がチャプチャプ舳（へさき）に触れ、川底にある石がおたがいぶつかり合う音が聞こえてくるようであった。

須坂では早めの昼食をとって山田温泉までの山中行（さんちゅうこう）にそなえ腹ごしらえをした。

しかし、問題はこれから先であった。もちろん汽車などは通っていない。

長野から乗って来た人力車の車夫に山田温泉まで足を延ばしてくれないかと頼んでみたが、車夫は驚き、顔を歪めて右手を左右に振った。すでに長野から三里余の道を車を引いて来たのである。「何しろこっから山の方にだいぶ入って行きますんで、とってもじゃねえが、これ以上は行けませんや。勘弁してくだせえ」とにべもなく断られてしまった。

人力車が駄目となると、自分の足でいくしかないが、どうしようかと鷗外は思案に暮れた。

そんな折、牛をひいて山田温泉まで帰るという老人がいて、このやり取りを見ていたらしく、

「よかったら牛に乗っていかねえかね」と声をかけて来た。

「牛に……?」と一瞬驚いた。鷗外は軍人なので馬には乗るが、牛の背中はさすがに跨いだことはない。しかし、困っていたところであったから、どんな乗り心地か知らないが、乗ってみようかと興味が湧いた。牛も悪くはないと思った。悪くないどころか、滅多にない面白い体験で、後々話の種にもなると、なんだか愉快な気持ちになってきた。

万座牛方稼ぎ　山田温泉と万座温泉との間を白根鉱山の硫黄や、鉱山用の物資、従業員の食糧・日用品などを運んだ。道が険しく凸凹がひどいため馬では運べず、牛で運んだという（高山村教育委員会提供）

須坂から山田温泉に行くのに、近道があるにはあった。

しかし、その道は危ないので、遠回りになるが、牧というところから松川にかかる藤沢橋を渡って行くと牛方の老人は言った。

須坂から山田温泉に行くには高井橋を渡るのが最短であるが、当時はまだ橋が架かってい

なかった。「山田温泉誌」に高井橋のことが記されている。

大正五年（一九一六）の「村土木費補助」の項に木橋修繕・敷板(しきいた)取り換え工事の予算が組まれている記録がある。

写真のように、木枠を三角形に組み立てたトラス橋が架けられていた。木材一本につき鉄釘六本打っているのであるが、その数たるや相当なものである。谷底からの高さであるから、自然に重みで撓(たわ)みができてくるのである。完成後僅かな年数しかもちこたえられなかったそうである。

大変な大工事、難工事であることがわかる。

これほどまでして橋を架けるということは、いかに村人たちが高井橋を切望していたかが察せられる。

そして、「東洋一の吊(つ)り橋」と言われた高井橋が完成したのは大正十四年のことであった。三七〇本の針金をたばねたワイヤーロープで吊りあげた橋である。下を流れる松川からは五十メートルの高さがあるという。

その後、昭和三十二年（一九五七）に基礎岩盤にコンクリートを打ち込む工事から始まって全長七十五メートルのプレスアーチ型の永久橋が完成したと記録されている。

木造の高井橋　牧から山田温泉に行くには高井橋が最短の位置にありながら谷が深く架けることが出来なかった。大正に入ってこの木橋ができた（高山村教育委員会提供）

鷗外は休暇が終われば繁多な公務が待っている。そう軽々に無理はできない身である。

人力車にも断られたところでどうしようかと思案に暮れていたところであったから、牛方の老人に声を掛けられたのは渡りに船であった。

「よかった。それは、助かります」とほっとした顔で牛方の老爺に答えた。

牛を見ると馴れているらしく、近づいてもまったく知らないふうで口をもぐもぐ動かしていた。背中には荷物を積むための鞍が取り付けられていた。荷物を運び終えた後などには、頼まれれば人を乗せることもあったようである。

当時はこうした牛方稼ぎが、草津や万座などを往復していた。

荷を届けた帰りには鞍も空き、旅人に声を掛ければ牛の背を頼りにする人も少なくない。結構な駄賃稼ぎにもなったのであろう。

乗り馴れない牛の背にゆられながら、山道に分け入っていくと、鷗外はだんだん文明からも、軍務や家庭の煩わしさからも遠ざかって行くような気がして肩の荷が少し軽くなったようであった。

ふと、俵屋宗達の「騎牛老子図」など頭に思い浮かべ、ちょっと老子の心境に浸ってみた。「みちの記」にまた一つ貴重な一場面が書けそうだと思い、そうなると牛の背中で揺られながら、山の景色を愛でつつ細部にも観察の目を届かせていた。

牧というところから、牛方の老爺は藤沢橋を渡った。関場の坂を上り、荻久保を通り過ぎると川が見えてきた。鎌田川であろう。牛方に訊くと「そうだ」と言う。

「この川には岩魚（いわな）のいいのがたんといるだよ」と川面を指さした。

急峻な所はなく牛ものんびりと歩いている。回り道であるが、女性でも無理なく歩ける道程（みちのり）で、須坂に幾つもある製糸工場の女工たちが、時期になると年に一度のお楽しみの慰安旅行にやってくるのである。工場ごとに競うように山田温泉にやって来て泊まり、盆踊りをしたり、精いっぱい楽しんだ。彼女たちも半日がかりでお喋りをし、はしゃぎながら歩いて山田温泉に来たのである。

土地の若い衆は遠回りを嫌い、高井橋がまだ出来ていない頃は、危険を顧みず崖道を駆け下り、川の流れのすぐ上に架けられた木橋を渡り、そして山田温泉側に渡って反対側の崖道をかけ登るという荒業（あらわざ）で山田温泉に来たという。

鷗外は牛方からそんな話を聞きながら牛の背に揺られ、鎌田川に沿って進んだ。

やがて奥山田の山林に入った。ところどころに清泉が迸り（ほとばし）出ていて、周囲には野生の撫子（なでしこ）がたいへん綺麗に咲いていていた。都会では栽培野菜として食卓にのぼる滝菜や水引草（みずひきそう）などが野生しているのも珍しく思えた。

鷗外は、馬ではなく、何故牛なのかと牛の背を跨（また）ぎながらそう思った。

「馬の方が早く歩けるのではないか」と牛方に尋ねた。

するとそんなことがわかんねえのかといったふうに、皺に刻まれた老爺の日焼け顔が牛上の鷗外を振り返った。

「山の道つうのは凸凹が多くって、坂も急だったり狭かったりするから、馬なんかじゃ駄目だ。馬が落っこちて人が死んだこともあっただよ。平らなところは馬の方がいいけんどな」と言い、得意げに「やっぱり牛じゃなきゃなんねえ。佐渡牛でなきゃ、佐渡牛は力があるぞ」と付け足した。

「荷はいつも何を運んでいるのかね」と訊いてみた。

「そうだなあ、白根鉱山で工夫たちが硫黄を掘ってるから、連中の食いもんとか、塩叺（しおかます）だとか、それと鉱山で使う道具とかも運んで行くだ。だけど一番稼ぎになるのはなんってたって硫黄だな」と教えてくれた。

若い鷗外は論敵が立ちはだかれば、文学であれ、医事であれ軍務のことであれ、徹底的に相手を粉砕するほどに論戦したが、知らないことについてはそれが誰であれ、実に謙虚に教えを請うたのである。

やはり高地であるために秋の気配も一足早い。褐色の蜻蜓（とんぼ）の群が行儀よく列をなして飛んでいた。

日が暮れかかる頃、ようやく山田温泉に着いた。須坂からは思ったよりも時間がかかった。

「宿を取りたいが何処がいいかね」と牛方の老人に訊くと、「ふじえやがええな」と言った。

鷗外は、これも何かの縁であろうと思った。

「ふじえやか。では、そうしよう。案内してください」と言った。

山田温泉全景（大正時代）
（高山村教育委員会提供）

山田温泉「藤井屋」に逗留

「ふじえや」に着くと、鷗外は牛の背中からゆっくり下りた。

流石（さすが）に小半日も牛の背中で揺られていたので、肩や腰が固まってしまったかのようであった。

「うーんっ」と声を絞り出し、大きく両腕を伸ばし腰もゆっくり伸ばしてトントンと叩いた。

牛方には相応の駄賃をやろうと思い、あえて聞いてみた上で幾らか余計に渡した。

お蔭で面白い体験が出来た。今夜書く道中記の良い話材になると思った。

山深く入ってきたため東京の客などはまったくいないようであったが、越後などから来る湯治客がいるようであった。

主には、須坂あたりの商家の人たちや、製糸工場の慰安旅行の女工、そして田植えや養蚕の区切りがついた近隣の農家の人たちが骨休みに来るようであった。

牛方の老人は「ふじえや」と言ったが、実は「藤井屋」であり、つまり「藤井旅館」であった。

「い」と「え」が入れ替わってしまうのは、このあたりの訛（なま）り

製糸女工慰安で賑わう藤井旅館（明治末期、『須坂の製糸業』より）　立て看板に「牧製糸場御一同……」と見える（高山村教育委員会提供）

であった。

宿の主人は突然のお客の到来に驚いて、本館のほうの客室が塞がっていたため、軒端が傾きかけた別棟の一間を掃除をして泊まれるようにしてくれた。

鷗外は、「日本の家屋論」にも一家言を有し、山家の旅館の建物の造りや配置に興味が湧いてきた。中庭からすぐに楼に上ることができるように梯子が架かっているところなどは西洋の裏屋のようであると思った。屋根の背後は深い谷に臨んでいる。竹や樹が茂って水は見えないけれど、急流の響きが絶えず耳に入ってくる。

絵はがき　製糸女工慰安踊　踊りの輪の向こうに「藤井旅館」が見える（高山村教育委員会提供）

水桶にひしゃくを添えて、縁側に置いてあるのも一興である。部屋の中央に炉があって、火をおこして煮焚をするのであるが、部屋は少しも暑くはない。
食事のおかずになるものは野菜くらいしかなく、魚などはこの辺の谷川で捕れる岩魚というものの外には何もない。飯のおかずに「野菜を煮てくれ」と言うと、「砂糖を持って来なさったか」と言う。
実は棒砂糖を持ってきており鞄の奥にしのばせていたのであったが、これを差し出すのは惜しい気がした。棒砂糖は、砂糖を円錐状に固めたもので携帯に便利である。

疲れた時に鋏（はさみ）や小刀（こがたな）で削って嘗（な）めると体力が回復し、目がパッチリと開くほどである。

煮物に使うのは惜しいので、「無い」と答えておいた。

すると茄子（なす）やそら豆などを醤油だけで煮て、若い下働きの女（むすめ）が持って来た。

鰹節なども加えていないのに不思議なことに味は頗（すこぶ）る旨かった。素材そのものの出汁（だし）が雑（ま）じりあって得も言われぬ味が生まれるのであろう。

鷗外は思わず「旨い」と声に出した。

女は「そんなにうめえかね」と笑った。

酒がきた。見ると、尿壷（しびん）の形をした陶器に入っている。

燗（かん）をするのにこの徳利を炉の灰に突っ込み埋めておくのである。

酒は白濁で麹味（こうじあじ）を脱していないがこれも実に旨い。これも初めての経験であった。それほど酒に強くはないが、東京にいる時より幾らかすすむようであった。

炉（ろ）の温かさと酒が身体に回って胸の内に封じ込めている屈託が少し消え去ったようであった。

夕餉（ゆうげ）が終わると、宿の主人が部屋にやって来た。

「誠に畏（おそ）れ入りますが、寝床の代金をいただきにあがりました」と畏（かしこ）まって請求する。

「幾らかね」と訊くと、「一銭五厘です」と主人は言う。

「藤井屋」だけでなく、湯治場というのは一般に木賃制になっているところが多く、食材も調味料も客が自分で用意して来るのが当たり前であった。寝具も賃貸になっていた。

鷗外は東京から離れ、深く山中に分け入った松川峡谷の山間（やまあい）の宿に自分がいることに安堵した。

満たされた気分で、道中記の二日目の記事をしたためた。蚊もいない。静かな夜であった。

十九日朝、目覚め、蒲団の上に坐ると大きな欠伸（あくび）をした。夕べの酒が残って身体が重く感じられた。

蒲団から起き出ると、女中が顔を覗かせたので、「顔を洗う所はどこか」と訊くと、答えるかわりに家の前の流れを指さしたのである。

「これはよい、面白い」と鷗外は思わず女の顔を見た。

女は「何かおかしなことを言ったかな」と言いたげに小首を傾（かし）げた。

鷗外は、ギヨオテ（ゲーテ）の伊太利紀行の一場面が思い出されておかしくなったのである。

このあたりでは、温泉を引いている家数は三十戸ばかりであるが、そのうち宿屋は七戸だけである。

湯壺は去年まで小屋掛けのようなもので、その側まで下駄を履いてゆき、男女一緒に入るのであるが、今の混堂が出来て体裁（ていさい）も大いに整ったという。

人々が入浴する様子は外から見えた。男女が皆湯壺の周囲に寝転んでいて、手拭を身に纏（まと）い、湯を汲んでその上に注いだりする。

湯に入ろうとするには、人の頸（くび）を跨（また）ぎ、足を踏んで行かなければならない。遠慮をして一日中立って待っていても、跨いでいかなければ湯壺まで歩いていく隙間があくことはないのである。

男は大半が仰向けに寝転んでいるのに対して、女は大半が俯（うつぶ）せになって寝転んでいる。

「混堂」というのは、現在「大湯」と言われている共同浴場のことである。この当時は混浴であったので「混堂」と言ったのである。

鷗外が見た混堂の建物は、「今の混堂が出来て体裁も大いに整った」とあるように、だいぶ立派になったようである。

外から中の様子が見えると鷗外は書いているが、これは周囲の格子(こうし)窓の板が左右に開閉でき、湯気が外に流れ出るようになっており、それで中が覗き見えるのである。写真には入口が二つ見えるが、中では浴室が一つになっている。

鷗外が見た大湯（混堂）が初代の建物である。

この写真の「大湯」の建物は、現存する大湯の写真では最も古いものであると思われる。これは、筆者が山田温泉を訪問した際に、現在の「大湯」を管理されている山口知明氏から提供していただいたものである。

「大湯」の歴代の建物で確認されているのは、昭和二十年（一九四五）に山田温泉が大火に見舞われた時に焼失した「大湯」と、それ以降の「大湯」である。

大火前の「大湯」がいつ頃建てられたのか。その写真は現在の「大湯」の右側の壁に掲げられている。それを見る限り新しいものではない。昭和初期か、大正期に建設されたものと考えられる。

山田温泉「大湯」　明治期の大湯と伝えられている。鷗外訪問時の「大湯」の建物と考えられる。確かな年代は不明（山田温泉「大湯」の管理者・山口知明氏提供）

鷗外が訪れた時に見た混堂は、明治二十二年（一八八九）に建てられたのであるから、傷みを修理したとすれば、大正期か昭和初期までは充分維持できたであろう。すると、この写真の建物が初代の「大湯（混堂）」であり、鷗外が見た建物であるとみても不合理ではない。

山口さんは「写真の大湯は明治頃のものだ」と古老から聞き及び、そしてこの写真を頂戴したという。この古老の話は、写真の大湯が「明治期」の建物であることを裏付けているのではないだろうか。

上部の窓に硝子が使用されているようであるが、一度や二度修理されているであろうから、後に硝子の小窓が取り付けられたと思われる。

鳳山亭　児玉果亭という画家がこの簡素な庵に「鳳山亭」と命名。鷗外が「みちの記」の中で紹介して以来、与謝野鉄幹、晶子夫妻をはじめ文人達が訪れている（高山村教育委員会提供）

鷗外は、この混堂を覗いてみた後、旅館の後側にある山に登ってみた。所々に清らかな泉があった。

水の流れは清冽である。

半腹に「鳳山亭」という扁額が掛かり軒の傾いている四阿（あずま）屋（や）があった。この四阿屋は三年前に建てられたとのことであり、軒が傾くほど古くはないはずであるが、造りが簡易であったため傷（いた）んだのかも知れない。鳳山亭は湯治客（とうじきゃく）たちが散歩の道すがら立ち寄り、憩いの時を暫し過ごした。

これを「鳳山亭」と名付けたのは児玉果亭という画家で

ある。果亭は山田温泉からそう離れていない湯田中の平穏村に生まれている。

　鷗外が「みちの記」で紹介したことなどもあり、その後、多くの文人たちがここを訪れている。「しがらみ草子」に作品を発表するなど、親交があった与謝野鉄幹、晶子夫妻をはじめ、有島生馬、佐藤春夫、堀口大学、会津八一、そして漂泊の俳人種田山頭火等多くの文人が山田温泉を訪れている。

　鳳山亭からは長野あたりまで望み見ることができ、遠山の頂には雪を被っているものもあった。

　周囲の野は毎年一度焼いて、木が繁るのを防いでいるそうであった。家畜の飼料にする草を作るためである。

　女郎花(おみなえし)、桔梗(ききょう)、石竹(せきちく)などが咲き乱れていた。花を折って持ち帰って筒に挿した。こんなことをする姿を家族が見たら何というだろうか、と鷗外は可笑しくなった。

　午後は、泉に入って蟹(かに)など捕えて遊んだ。崖を下りて、谷川の流れに近づこうとしたけれど、小径(こみち)があまりにも険しいので止(や)めた。

　渓流の向うは炭を焼く人が往来する山だという。いま流れを渡って来た人に訊(き)くと、水は浅いと言っていた。

　この日、野山を行くときに被(かぶ)ろうと思って菅笠を買った。都会にいる時のように周りの目を気にする気遣いは要らない。

　二十日になった。鷗外はここ山田温泉に逗留(とうりゅう)しようと決めた。心が安らぎ、この温泉が大いに気に入ったのである。

朝早く、以前から聞いていた岩魚を売りに行商の人が来たので買った。五尾で十五銭であった。鯉も麓の里から持って来たということで、一尾買って夕食の時まで活(いか)しておいた。

さすがは信濃の国である。鮒のお頭つきなどではない、もっと立派な鯉などもあるのだ。ただ、後の渓流には魚が栖(す)んでいない。明礬(みょうばん)が多いから魚が棲まないのだという。

岩魚がいる川は鳳山亭から左に下りたところである。牛の背に揺られながら山田温泉に来た時に、牛方稼ぎから聞いた鎌田川である。そこへ行こうと思って菅笠を被り、草鞋(わらじ)を履いて出かけた。

車前草(しゃぜんそう)(オオバコ)が生い茂っている小道を下りてゆくと、土橋があるところに着いた。ここにはきっと魚が棲んでいるだろうとわかるような流れであった。苔を被(か)ぶった大石が乱立している。その間を水が潜(くぐ)りぬけて流れ落ちている。足のたいそう長い蜘蛛(くも)が濡れた岩の間を渡って行った。

日が暮れる頃まで岩に腰かけて携えていた書物などを読んだ。ゆっくり時が流れ別天地であった。夕食の時、老女が、菊の葉、茄子など油で揚げたものを持って来た。鯉や岩魚もおかずに出てきた。岩魚は香り、味ともに鮎に似ていた。

二十一日、宿の主人(あるじ)が来て話をした。父は東京に出たことがあったけれど、自分は高田より北、吹上より南を知らないと言う。

今日、今までの別館の座敷から本館のほうへ遷った。ここは農夫の客に占領されていたが、ようやく空いたのである。

隣の間に鬚の立派な男がいた。あたりを憚らず、声高に話をするのを聞いていると、二言三言の中に必ず県庁という。またそれがこの地のさだめかという代わりに「それがこの鉱泉の憲法か」などという癖がある。

ある時は、鷗外が大学を出たことを聞き知ってか、学士、博士などという人々など三文の価値もないといったことをしたり顔に弁じていた。このお説が道理に合わないわけではないけれど、これで人の心を傷つけようと思っているのだとしたら、はたして戸惑いはないのだろうかと思った。

時々詩歌などを吟ずる声を聞くと、みな訛っている。ウィルヘルム・ハウフが「物を学んだ猿」と物の本に書いているが、この人のようであったのだろう。唯、かの猿はそのむかしを忘れずに、亜米利加の山に棲んでいる妻の許へ手紙を送るなど、たいへん殊勝に見える節もあったが、この男はおなじ郷里の人をも夷人（野蛮人）のように見下し嘲っている。愚かなことである。

鷗外は腹立たしくもあり、この鬚の男を「物を学んだ猿」と心の中で断じた。

挽物細工などを籠に入れて売りに来る少女がいた。このお辰という子はまだ十二、三歳なので、大枚百円も使わせるような心配はないであろう、何か買ってやろうかと思った。

二十二日、雨であった。目の前の山の頂は白雲につつまれていた。

炉端に坐って書物を読んだりして過した。

「東京の新聞があるかね」と催促すると、二日前の朝野新聞と東京公論を持って来てくれた。

借りてみると南翠外史(なんすいがいし)の作や、黒岩涙香(るいこう)小史の翻訳などが掲載されていた。

二十三日、この宿の主人藤井屋東兵衛さんに案内してもらい、牛の牢という谷間にゆく。

この流れには魚が棲まないというが、それもそのはずであった。水が触れる所は、砂や石などが皆赤くなっていて、苔など少しも付いていないのである。

牛の牢という名前はここの地形からきている。周りの石壁が削り取られたようになっていて昇り降りがたいへん難しく、閉じ込められたようになっているからであった。

ここに来るには、脇の道から回り、杉林を抜け、迂廻(うかい)して下らなければならないのである。

これより鳳山亭の登りみちになる。

泉に近いところに荼毘所(だびしょ)の跡を見た。石を二行(にぎょう)に積んで、その間の土を掘って竈(かまど)にする。その上に桁(けた)のように薪を架けて棺(かん)を載せるのである。棺は桶を用いず、大抵は箱形である。

さて棺のまわりには糠(ぬか)や粃(しいな)を盛った俵が六つ乃至(ないし)は八つほど立て掛けて火を焚き付ける。俵の数は屍の大小によって異なるのである。薪のみで焚いたときは、むら焼けになることがあって火箸などでかきまぜたりするが、糠粃(こうひ)を用い始めてからは屍(しかばね)が燃えるにつれ、糠や粃で覆えば、そのような心配はないということであった。

山田の地方では土葬するものが少く、多くは荼毘にふすために、今でも死人があればこの竈を使うのだそうである。

村はずれの薬師堂の前で、草津から来たという行商人から岩魚の大きなものを買った。

今夜はこれを調理してもらおうと思い、「ほら、こんな大きな岩魚が手に入ったぞ」と自慢げに言って見せると、宿の下女に笑われてしまった。

「お客さんは知らねんだね。岩魚は小さいほうが旨いんだがね」と言い、岩魚は小さいのが良いこと、且つ地元の渓流で取ったものが良いということを教えられた。

「お客さんが買ってきたのは草津の岩魚で、でっかいから、旨くねえよ」といたずらっぽく笑われたのであるが、食べてみるとやはりその通りであった。

ここ薬師堂の方から六里ばかり越えてゆくと草津に到着する。これは間道である。

今年の初め、欧洲人が雪の山道を踏み分けて越えて行ったというが、昔からほとんど例のないことで、案内者も随分ためらったという。

「欧洲人が雪の山道を踏み分けて越えて行った」と鷗外は書いているが、誰であるかは言っていない。しかし、目的なく冬山の嶮しい道に踏み入って行く外人は滅多にいるものではない。しかも欧州人ということであるから自ずから限定される。

高山村誌編纂室編の「信州高山温泉郷　山田温泉誌」に記されているが、この欧州人というのは、ドイツの医学者エルヴィン・フォン・ベルツのことであると具体的に名前を明らかにしている。

ベルツは、これまで民間療法として軽く見られがちだった温泉の効能を医学的な見地から精力的に探究した人である。

明治九年（一八七六）に東京医学校（東京大学医学部）の教授として招聘（しょうへい）され、以来熱意を以て日本の若き優秀な学生たちに西洋医学の知識・技術を伝えようと、病理学、生理学、内科学、精神医学など多岐にわたり講義をした。森鷗外も教え子の一人であった。

ベルツ博士は日本の風土、文化にも親しみ、十三年に日本人女性の戸田花子と結婚し、仲睦まじく日本に溶け込んだ生活をした。三十八年（一九〇五）に夫人と共にドイツに帰国するまで、日本の近代医学に多大な功績を遺した。

ベルツ　明治9年に東京医学校（東京大学医学部）の教授として招聘された。温泉医学療法を研究。明治13年に日本人女性の戸田花子と結婚した（群馬県草津町提供）

第三章　臼井六郎の仇討譚

鷗外と木付篤判事

二十四日　山田温泉「藤井屋」に逗留して七日目、上野花園町の家を出てから八日目になった。天気は好い。隣の客があまりに大きな声をあげて話をするのに驚いて目が覚めてしまった。

何事かと聞いてみると、衛生と虎列拉との問題である。衛生学は鷗外の専門である。またしても鷗外に聞えよがしの嫌がらせを言っているようだ。

「衛生とは人の命を延ばす学問である。人の寿命が長くなれば、人口が増えて食料が足らなくなり、社会のためには利があるとは言えない。かつ衛生の業が盛んになれば、病人が少なくなり、医者がこれを唱えるのは間違っている」などと言っている。

これ等の論は、地下のスペンサアを喜ばせるに充分だろうと鷗外は苦笑した。

「虎列拉には三種あって、一つを亜細亜虎列拉といい、一つを欧羅巴虎列拉といい、一つを霍乱という。この病には『バチルレン』という細菌があって、これは華氏百度の熱で死ぬ」などと熱弁をふるっている。この主張は根拠があやしくペッテンコオフエルの疫癘学や、コッホの細菌学を論破するのには不十分であろう。また恙の虫（ツツガムシ）の事も語っていた。

「博士某は、あるとき見に来たが何んにもできなかった、このようなことはその土地の医者が一番よく知っているのだ。何某という軍医は、恙の虫の論に図などを添えて県庁に上申したが、これは土地の医者のものを剽窃（盗用）したものである」などと、まくし立てているが、聞かされている隣室の客はさぞ迷惑な事だろうと思った。

このようなことをしたり顔にいい誇るのはこうした人の癖なのであろう。取り合うほどのこともない、気の毒な性分であると思った。すると、その声はどこかへ飛び散って消えた。

この日の夕刻、鷗外が囲炉裏を前に書物を読んでいると、宿の主人東兵衛さんがやって来た。

「先生、おくつろぎのところ恐縮ですが、よろしいでしょうか」と遠慮がちに声をかけた。

振り返ると、傍らに恰幅のよい一人の紳士が立っていた。

紳士は鷗外と目があうと、「不躾に申し訳ございません。私は新潟始審裁判所の木付篤と申します。鷗外先生が滞在されているとお聞きし、少しお話ができればと思いまして、御主人にご紹介をお願いした次第です」と丁寧にお辞儀をした。

越後からの客がいると聞いていたがこの判事さんであったかと思った。

東兵衛さんは木付に向き直り、「鷗外先生は、こちらに見えてから、いつも遅くまで原稿をお書きになっておられるのですよ」と、今どんな傑作を書いているのかと探るような口ぶりで言った。

鷗外は、「判事さんですか。それはどうも。どうぞお座りください」と立ち上がり、側の座布団をすすめた。判事さんがいったいどんなお話だろうと軽く興味を惹かれた。

東兵衛さんは、「お茶をお持ちしましょう」と近くにいた女中に言いつけ、自分も座りかけたが、別の客から声が掛かり、二人を気にしつつもこの場を立ち去った。

鷗外と木付はお茶を啜りながら、簡単にお互い挨拶を交わしあい、山田温泉の人情、風物など差し障りのない話から始めた。そのうちに、木付が思いもよらない話題を持ち出した。

「ところで、鷗外先生、私は筑前秋月の出身でございますが、臼井六郎の仇討ち事件についてご存知でしょうか」と鷗外の顔を伺った。

「実はこの事件に私は深く関わった一人なのです。先生にお話をさせていただき、ご意見でも伺えれば有り難いのですが、よろしいでしょうか」

この仇討ち事件が世間の話題をさらったのは、鷗外がまだ東京医学校に在学中の頃で、本郷の下宿屋「上条」に転居した頃であった。当時大変な騒ぎになったので記憶していた。

この頃、父の静男が橘井堂を千住に開業してたいへん忙しくなり、親思いの鷗外は下宿から千住によく顔を見せていた。卒業する一年前の頃であったろう。

熊谷裁判所の元雇吏職員が、東京上等裁判所の判事一瀬直久を、旧秋月藩主黒田長徳の邸内で殺害したという衝撃的な仇討ち事件であった。

雇吏とはいえ裁判所の関係者によって引き起こされた事件であり、しかも共に旧秋月藩出身の士族であったため、世の中の好奇な話題となったのである。ちょうど十年前の十三年（一八八〇）十二月のことであった。

鷗外は、この木付判事がこの事件にどういう関わりがあったのか興味を覚えた。

木付も、事件の当事者臼井六郎も、一瀬直久と同じ秋月藩の出身であるという。その関係性には、因縁浅からざるものを感じた。

世が世なら、武士の誉れと讃えられたはずの仇討ちであったが、明治六年（一八七三）に「仇討ち禁止令」が布告された。その後、初めて起きた仇討ち事件であった。したがって裁きの行方にも注目が集まったのであった。

この仇討ち事件は、芝居や講談になり、小説に書かれ、絵草紙なども次々に出されるなど、たいへん評判になった。

当時、川上音二郎が、新派劇を立ち上げて歌舞伎に勝るとも劣らない人気を博し、また痛烈な社会風刺をきかせて歌いあげたオッペケペー節が一世を風靡（ふうび）していた。この当時の大スターである。音二郎は貞奴という人気女優と浮名を流し結婚したことでも話題になった。

川上音二郎が、この仇討ち事件を題材にして「臼井六郎」と題し、二十六年と二十八年の二度にわたり新派劇に掛けたほどであるから、この事件に対する人々の関心がいかに高かったかが知れる。

鷗外の弟篤次郎（とくじろう）は医者が本業であったが、その傍ら三木竹二の名前で演劇評論家として活動しており、こちらの方面でも著名であった。篤次郎はこうした話題には耳ざとい。後々、新派劇「臼井六郎」の上

川上音二郎　社会風刺をきかせたオッペケペー節が一世を風靡した。新派劇を立ち上げ人気を博す。女優貞奴との結婚も話題になった（国立国会図書館所蔵）

演のことが鷗外の耳にも入り、木付篤との仇討ち話を懐かしく思い出し篤次郎と芝居談義でもしたのではないだろうか。

鷗外は、仇討譚の顚末を聞きたくなり、木付の方に思わず身を乗り出しかけた。

どこからか涼風が流れ込んできた。夕餉の仕度にとりかかっているのであろうか、空腹を誘うよい匂いが漂ってきた。

「木付さん、どうですか、そろそろ夕食の時刻にもなりますからご一緒にいかがですか」と鷗外には珍しいことであったが、木付を誘ったのである。

女中に酒を注文すると、あの尿壷に似た燗徳利が運ばれて来た。夕餉の膳も来た。

鷗外は囲炉裏の灰の中に燗徳利を突っ込んだ。

「それにしても面白い形ですな」と、二人は笑い合った。

木付篤と「木村篤」

「みちの記」に木村篤と記されているが、秋月藩干城隊士名簿や、「改正官員録」の「熊谷裁判所」、「新潟始審裁判所」等の官員名簿等を追いかけて行くと木村ではなく木付であることが明らかになる。

現職の新潟始審裁判所判事という立場を考慮し、鷗外が「みちの記」を発表するにあたって「木村」と書き換えて、あからさまな表記を避けたものであろうか。

名前書き替えのもう一つの根拠として、「冬楓月夕栄（ふゆのもみぢつきのゆうばえ）」という当時流行った絵草紙（えぞうし）を取り上げてみたい。

雑賀柳香（さいかりゅうこう）という人の作で、明治十四年（一八八一）に発売されている。こういう事件物の絵草紙はよく売れた。特に「冬楓月夕栄」は事件の衝撃、話題性から、皆こぞって買い求めたようである。その中に、臼井六郎が、郷里を同じくする秋月出身の人で熊谷裁判所に勤務する「木村篤」を訪ねて来る場面がある。絵をよく見ると、「木付」でなく「木村」になっているのがわかる。

このことを木付篤が鷗外に話した可能性も大いにある。

「冬楓月夕栄」の絵の中からほんの一部であるが掲載する。

①の絵は、敵（かたき）の一瀬直久が馬に乗って、名古屋裁判所から静岡裁判所甲府支庁に転勤のため向かっていくところである。それを臼井六郎が睨んでいる。右の絵の標柱には「従是熊ヶ谷縣廳江二十四丁」と見える。絵草紙であり、芝居のように脚色があるので、事実とは異なるところもある。臼井六郎が熊谷に来た十一年の頃は熊谷県はすでに埼玉県となっていた。羽織の袖に㊂とあるのが一瀬直久、㋅とあるのが臼井六郎である。標柱に「明治十四年四月発兌（はつだ）」と書かれている。「発兌」というのは「発売」の意である。仇討ち事件が起きたのが明治十三年（一八八〇）十二月であるから事件四カ月後の発売であった。まだまだ話題沸騰（ふっとう）といった時期であったろう。

②の絵は、熊谷裁判所に勤務する木村篤宅に臼井六郎が訪ねて来た場面、③の絵は、官職への推

「冬楓月夕栄」の絵　雑賀柳香著（明治14年4月22日）

① 仇敵一瀬直久が甲府支庁に転任することを知り、……

② 東京からやって来たことを告げると、ちょうど木村が裁判所から帰って来たところだと言い、座敷に通された

③ 六郎は同郷で旧知の木村篤に官途への推挙を頼む

④ 六郎が一瀬を討った場面。旧秋月藩主黒田長徳邸家扶の鵜沼見不人が階下の刃傷沙汰を見て驚き思わず碁盤を手に持つ

挙を木村篤にお願いしている場面である。右が木村篤。㊟と袴に書かれているのがわかる。名前が「木付」ではなく、「木村篤」となっている。作者雑賀柳香が、木付篤が現職の裁判所職員であり、しかもこの絵本が売り出された十四年（一八八一）四月には、まだ熊谷裁判所の現職の裁判官（判事補）であったことから、さすがに実名は遠慮したものであろうと察せられる。

④の絵は、仇討の場面である。旧秋月藩主黒田長徳邸の二階の広間でついに一瀬直久と遭遇した。一瀬が手紙を出して来ると言って階下に降りたので、六郎は逃がすまいと追うように降りた。一瀬がまた二階に戻ろうとしたところを隠れて待っていた六郎が躍り出て、名乗りをあげ、「父の敵、覚悟」と切りかかったところの絵である。二階から、黒田邸の家扶（支配人、管理人）の鵜沼不見人が覗いて驚いているところである。なお、鵜沼不見人は臼井六郎と親戚筋である。鵜沼の妻ワカの母親は、六郎の父亘理の姉で、ワカは六郎の従姉であった。夫の鵜沼も秋月の人であったが、江戸詰めが長く、亘理暗殺については実感がなかった。ワカは亘理夫妻が無惨に殺害されたことを、親族として無念に思っており、六郎の仇討ちに胸のつかえが晴れたようであった。

突然の帰藩命令

執政心得首座公用人に任じられた臼井亘理は、京都にあって時流に乗り遅れまいと必死で薩長と交渉を重ねていた。その効もあり、次第に薩長の人たちとの交流も深まりつつあった。

秋月からは、かつて勤王の先駆として命を賭して活動した海賀宮門、戸原卯橘がいたこともあって、一定の評価をされていた面があった。

この上は一日も早く藩主黒田長徳公に上洛していただき、藩主自らが勤王の意志を示されることが肝要であった。しかし、国元にはこれに反対する重臣がいた。亘理の思うようにさせてはならないのである。

臼井亘理は文武に長け、中島衡平を師として陽明学を学んでいた。そして、これまで師の衡平と共に開国論を主張し、公武合体を強く唱えていた。これこそが小藩である秋月藩の安泰を図る道であると信じていたからであった。しかし、既に大政も奉還され徳川の世は終わったのである。

変節といわれようが、「薩長に媚び、自分を売り込んでいる」と言われようが、薩長との交流は、小藩秋月藩の生き残りを賭けて必要不可欠のことであった。

ところが、公用人臼井亘理が秋月藩の命運にも関わる京都の外交折衝の重要任務から、なぜか突然外されることになった。藩主黒田長徳の主命により大阪の秋月藩邸から帰藩することになった。

あと一歩というところでの帰藩である。

藩主に讒言をした人物がいたことはわかっていた。また、藩内には若い藩士、子弟が干城隊を結成し、亘理のことを「変節漢」と罵り、その豹変ぶりに不平を募らせていることも知っていた。

秋月に今帰るのは危険だと忠告してくれた者もいたが、亘理は、血気に逸るのは若者特有の気質

秋月八幡宮　秋月城下の南方に鎮座。ここに干城隊の若者が集結し、斬奸書を読み気勢を上げた後、二手に別れて闇の中を走って行った（筆者撮影）

として理解し、寛容な気持ちで受け止めていた。諄々と説いていけばかれらはきっとわかってくれるだろうと信じていた。しかし、この陰に巧みな扇動があった。

家老吉田悟助からすれば、亘理の京都での活躍の華々しさは妬ましく、藩内での存在が自分を凌駕するのではないかという焦燥を覚え、危機感を募らせていたのであった。

臼井亘理は慶応四年（一八六八）五月二十三日、帰着した。その夜、干城隊の屯所では幹部たちが、臼井、中島両人の誅殺計画の詰めに余念がなかった。

隊員たちの組み分けや、実際屋敷に踏み込んだ時、誰をどこに何人くらい配置するか、部屋の間取り図を前にして、見張り、実行者、不測事態が生じた時の連絡など、綿密に確認を重ねていた。年少の者達は留守部隊に残すことにした。

亘理帰藩の夜

この夜、干城隊の斥候はずっと臼井邸を見張っていた。帰藩祝いの酒宴に誰と誰が来ているかまですべて掴んで報告されていた。

亘理が帰って来たという知らせを受けて親戚や知人が臼井邸に馳せ参じ、無事の帰藩を喜びあった。他家に養子に入った弟の上野四郎兵衛と渡辺助太夫、そして陽明学の師にあたる中島衡平らも臼井家の家族と共に座敷に居並んだ。

今回の帰藩命令は任務遂行の途上であり、あと一歩というところで職務をはずされたことは無念この上なかった。しかし、主命に逆らうことは出来なかった。それが、亘理の秋月藩士としての変わることなき基本姿勢であった。

臼井屋敷には灯がともり、遅くまで賑やかに話す声や笑う声が聞こえていた。

不本意な帰藩ではあったが、愛する家族や親戚、知人の嬉しそうな顔に囲まれていると、いつしかそんなわだかまりは消えていった。長旅の疲れも忘れるようであった。

妻の清子は小まめに客に、また夫に酒を注いで回っていた。その顔には久々に夫が自分のもとに帰って来た嬉しさがあふれ出ていた。どっと笑い声が上がり、座敷中に賑やかな声が溢れた。

亘理は久々に心おきなく酔いしれ、体中に酔いが回っていた。

清子はいつもより丁寧に化粧をし、身ぎれいにしていた。

六郎もつゆもそんな母親のいつもより華やいだ顔を見ながら嬉しくてならなかった。

六郎は、「ほら、これをお食べ」と鯛の身をとって、つゆの皿に乗せてやった。

「ご亭主のご帰還、今宵は誠におめでたか。奥方もお祝いの酒ば呑んだらよか。遠慮ばせんと」と中島衡平から勧められ、すこしお酒を含んだせいか、頬はほんのり朱く染まって見えた。

亘理はしばらくぶりに妻の顔を正面から見た。あらためて綺麗だと思った。恋しくも思った。

不本意な帰藩ではあったが、「ほとぼりが冷めるまでしばらくは家族と一緒に過すのもよいか」と思い直すと肩が少し軽くなった。

この頃、門の外には幾つかの黒い影が立っていた。干城隊の斥候である。

やがて宴もお開きとなり、家の奥の方から客達が玄関先まで気持ち良さそうに陽気な声を発しながら出て来た。

「ともあれ亘理殿が無事帰藩されたのは臼井の家には有り難いことである。またの日も必ず来よる。それまでは雌伏して待たれよ」と中島衡平が亘理の心情を慮(おもんばか)って力づけた。

そして、玄関先まで見送って出た亘理の妻清子のほうを振り向いた。

「奥方もこれで寂しゅうなか」と衡平は大きな声で笑った。

清子は、衡平の戯言(ざれごと)に顔を赤らめた。

衡平は酒好きであった。好きは良いがちょっと癖の悪いところがあった。しかし、この夜は終始陽気であった。

「すっかり馳走になり申した。久しぶりに気持ち良かあ」と、何やら詩を吟じながらヨロヨロと六軒屋の自宅の方に向かって帰って行った。

参会者が帰って行く様子も全て干城隊の斥候に確認されていた。

長男の六郎は祖父母と共に隠居所に引き上げた。座敷は急に静まり返った。

「なか、片付けは明日にして早く寝なさいね」と妻の清子は言ったが、なかはしばらくの間、音を立てないよう片付けていた。よく気が利き、六郎やつゆに対しても優しい利発な娘であった。

しとしとと降っていた雨もいつしか止み、夜は静寂につつまれた。

亘理は側に寝ている妻の体のぬくもりと甘いほのかな匂いに心がしみじみと安らいでいた。

隣の蒲団には四歳になる女児のつゆがすやすやと寝ていた。つゆの寝息を聞きながら、家庭のささやかな幸せに改めて気づかされた。

「今は、いたし方なし、しばらくは静かに蟄居（ちっきょ）するほかなし」と心に言い聞かせつつ、いつしか眠りについた。

夜半になり、動きがあった。干城隊では、隊員たちに突然演習の号令がかかり、一同は八幡神社の境内に召集された。これから行われることは誰もがわかっていた。熱気が立ち込めていた。

社前でお神酒（みき）を酌み交わし、やがて斬姦書（ざんかんしょ）が読み上げられる段になると若い血潮が滾（たぎ）り、いよいよ正義を挙行する、つまり「誅罰を下す」という興奮に境内は包まれた。

勤王党の若者たちは二手に分かれて、二人の屋敷に向かい、まだ明けやらぬ薄闇の中を走って行った。

干城隊、臼井亘理襲撃

一人は藩校の訓導であった陽明学者の中島衡平、あと一人は藩の執政心得首座公用人兼軍事総宰の役にあった臼井亘理である。公用人は家老、中老に次ぐ執政職の一角を成す御用役である。しかし、その学識、見識、外交等、その実力は他の執政たちの及ぶところではなかった。臼井亘理と中島衡平、身分で言えば亘理の方が格段に上位であったが、公の場は別として、私的な場においては衡平に対して学問の師として敬意をもって接していた。

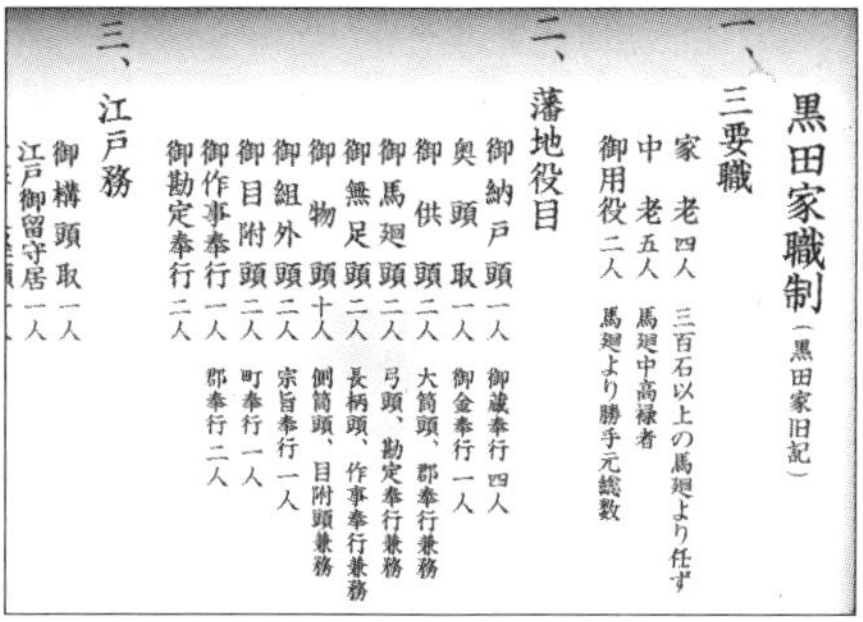

杉ノ馬場の通りに立つ「黒田家職制（黒田家旧記）」の説明版　三要職（家老、中老、御用役）等について簡略に書かれている（筆者撮影）

臼井亘理襲撃組は、亘理が剣の使い手であるため、執政吉田右近の子息万之助をはじめ、宮崎千代三郎、山本克己（後、一瀬直久と改名）、戸原東門、萩谷伝之進ら総勢二十四名であった。この中に木付篤もいた。こちらの一隊は八幡神社の裏手から山道伝いに浅ガ谷に出て、北中小路の臼井屋敷へと急いだ。

北側に向いて立派な表門があった。臼井屋敷の前に来た。

一同歩を止め皆一様に大きく息を吐いた。さすがに屋敷も広く周囲は高い土塀で囲まれている。

下見をしており、途中の小屋に梯子(はしご)が立て掛けてあるのを確認していた。手筈通り二人の者が梯子を運んできた。門無小路の方に回り土塀に梯子を立て掛けると、数名がするすると梯子を登って屋敷内に消えた。間もなく表門が軋み音を少し立てながら開いた。

緊張で身体が震えた。誰かが低く声をころし、「行くぞ」と自らを鼓舞するように言うと、山本克己ら何名かが刀を抜きはらって邸内に侵入した。年少の木付篤らは門の外に控えて不測の事態に備える役目であった。

侵入者たちは、家の間取りも把握しており、隠居所がどこか、亘理夫妻がどの部屋に寝ているかわかっていた。

その夜未明、気の早い鶏が泣き出しそうな時刻であった。亘理夫妻の寝所に何名かが忍び込んだ。亘理は道中の疲れもあり、また深酒のため、すっかり寝入っていた。

山本が枕もとで、「起きろ」と声を掛けた。亘理は驚き、はね起きて短刀を抜きはなった。一太刀切られながらも、第二第三の太刀を受けとめ、その命が断たれたのは第四の太刀であったという。

検証の結果はそのように記録されたが、その真偽(しんぎ)はつ

朝倉市秋月博物館前「杉ノ馬場」の通り 秋月のメイン通り。出陣式等、この通りで行われた。この先左手に御館（城）跡がある。更にその奥に進み、右に回りこみながら坂道を少し行くと秋月八幡宮が鎮座（筆者撮影）

まびらかではない。

干城隊の供述、遺体の傷痕、現場の状況、干城隊の証言を検証した結果、このようなことが言われているが、寝込みを襲われたのではないかという疑念が払拭できずに残った。

検証の役人たちの態度たるや冷たく、親族たちから見れば吉田悟助の息がかかっているようにしか思われなかった。

亘理は殺され、妻清子までこの夜惨殺された。幼女のつゆまでが傷を負わされた。

はじめ家族までも傷つけようという気持ちはなかったようであった。

一同が引上げようとした時、一人足らなかった。どうしたかと思い、臼井の屋敷内に戻ったところ、萩谷伝之進が亘理の妻清子に組みつかれてその場を立ち去ることができずにいた。

夫や幼い娘を助けようと必死に組み付いた渾身の力というものは、女とは思えぬほどのもので、どうしても引きはなせないために止むを得ず殺してしまったという。

六郎の祖父儀左衛門は寝入っていたが、ぼんやりとした意識の中で何者かが叫んだり、ぶつかり合うような物音が聞こえてきたため、何事が起きたかと隠居所から刀を手に走り出た。

庭に出ると門が開いていたため訝(いぶか)しく思い、刀を抜いて門のほうへと目を凝(こ)らしながら近づいていった。すると、暗がりの中で、数人の男たちの黒い影が白刃を構えて待ち構えているのが見えた。

儀左衛門は外にいる狼藉者(ろうぜきもの)を入れまいとして門を閉めようとしたが、その連中が刀を振るって攻撃してきたため、その勢いに敵しがたく、また隠居所に入ってしまった。

父母の寝所には、血に染まった蒲団の上に肩から切り裂かれた首のない父の身体が横たわっていた。その脇には切られ幾つもの創を負った母の無残な死体があった。

辺りには母の血肉や血肉まじりの髪の毛などが飛び散っていた。

この無残な光景は、この後生涯にわたり六郎の脳裏から離れることはなかった。

父の首は何者かによって持ちさられていたが、翌日になって臼井邸の庭先に投げ込まれていた。

六郎は父の首を抱き慟哭した。この時怨みは骨髄に徹し「必ずや仇を討つ」と復讐を誓ったという。

六郎の父を殺したのは山本克己、後改名した一瀬直久であった。初めは知っている者はいなかったが、痕跡を消そうと刀を研ぎに出した時、一瀬の刀の刃が二か所大層刃こぼれしており、臼井の短刀の刃こぼれに合致していたことにより露見したということが言われている。

木付篤は、この時、臼井の屋敷に向かった一人であった。門の外の見張り役として控えていた。刀は抜くことなく、刃に血を塗るようなことはしなかったという。

六郎には誰が何のために父母をあれほどむごたらしく殺したのか、全くわからずに苦しんだ。

祖父や叔父の渡辺助太夫や上野四郎兵衛に尋ねても教えてくれなかった。

六郎が復讐心を増幅させるようなことは避けたかったのである。

「父がそれほどに悪いことをしたのですか」と六郎は尋ねた。

その問いには「断じて悪いことなどしていない。藩のため、殿様のため立派に尽力してきたのだ」と叔父の渡辺助太夫は答えるほかなかった。

「ではなぜあのように酷く殺されねばならなかったのですか」と言いたげな六郎に無言を貫かざるを得なかった。

干城隊は勤王党を標榜し、その多くは秋月藩の十代、二十代の無垢な尊王攘夷の思想に取りつかれた藩士の子弟たちであった。

大政奉還により、もはや徳川の時代は終わりを迎えていた。

尊王攘夷の思想は倒幕への力となって昇華され、すでに西欧との積極外交を推進していこうとする新時代に、秋月ではまだ武士の魂だとか、西洋式の調練などもってのほかなどと言いはって、鎧冑（よろいかぶと）に身を包み、刀槍を交え敵を倒すことこそ武士の真の戦いであるという時代錯誤から脱けられずにいた。

家老の吉田悟助が背後にあり、過激派の宮崎車之助、今村百八郎らが隊外から先輩格として干城隊の指導にあたっていた。若き隊員たちのほとんどは「勤皇は正義」と信じこみ、その熱に浮かされてしまった。

干城隊編成名簿を見ると、渡辺泉十六歳、木付豊吉十五歳、臼井延四郎十六歳、木付篤十七歳といった臼井家の親戚と思われる名前がある。彼らは隊の中では年少者である。

渡辺泉は、臼井亘理の弟が養子に入った渡辺助太夫家に継がれている名前である。また、臼井姓、木付姓も臼井家と親戚筋である。木付豊吉は篤の弟と思われる。

年齢は数えであるから満年齢に換算すると一、二歳差し引くことになる。年少者は現代であれば中学校三年生乃至は高校一年生である。

干城隊の伍長（一番組～八番組、各組の長）は二十歳～二十二歳である。

山本克己（後、一瀬直久と改名）はこの時二十一歳であった。

中島衡平襲撃

一方、中島衡平の家は六軒屋と呼ばれた一角にあった。

「秋府諸士系譜」によれば、家格は、三人扶持十二石と身分は低かったが、黒田長元公が藩主の御代、天保十年（一八三九）に学館の手伝役を仰せつけられている。また、同十一年九月に佐藤権蔵殿（一斎のこと）へ学問入門を仰せつけられて数年江戸に遊学したとあるから相当に学識があったのであろう。

佐藤一斎は当代きっての儒学者であり、諸藩から派遣された英才たちを厳しく指導した。

一流の学者の元で研鑽を積んで帰藩したのは弘化二年（一八四五）八月であった。すぐに学館手伝役に復帰し、嘉永四年（一八五一）十二月、学館助教勤役を仰せつけられ、長徳公の御代の文久二年（一八六二）十二月には一石加増された。

中島衡平宅跡　左側の生垣内が中島宅跡。土塀はないので、干城隊は、た易く侵入出来た。右側には久野惣右エ門邸の土塀が続いている（筆者撮影）

加増はただの一石であるが、代々続いて来た家禄（かろく）というものは普通では容易に上がるものではない。

しかし、「秋府諸士系譜」には、さらに「慶応三年、卯四月及過酒不都合有之候ニ而御組外新座ニ被仰付」とあり、慶応三年四月に酒が過ぎて何か不都合があったことで処分を受けている。

中島衡平は、酒には目がなく、飲み過ぎるといろいろ過失もあったと推察される。

その最後の記述には「明治元年五月急死」とあり、これは干城隊の襲撃により暗殺されたことを記述したものである。

中島衡平の家は、塀などなく、さほど広くない邸内であり、襲撃隊は容易に入り込むことが出来た。

中島衡平襲撃組は八幡宮の社殿前の石段から下りて行った。急勾配の長い石段であり、暗くもあったが、熱気を帯びた集団は駆け降りて、浦泉の通りに出て薄闇の中を走った。

干城隊一行が中島家の鶏小屋に近づいたところ、鶏が驚いて鳴き出した。

衡平は、さては鶏を喰いに狐めらが来たかと素肌のまま起きて、戸を開けて出ようとした。

黒い影がいきなり目の前に現れ、驚く間もなく、干城隊の水間七之助が名乗りをあげたかと思うと、ただ一槍で突き殺してしまった。中島衡平はずたずたに切られて頭さえ砕けていたということであった。中島衡平襲撃組は水間七之助ら十一名であった。

秋月藩家老吉田悟助の世評

その干城隊の若い隊士たちの背後には国家老の吉田悟助がいた。黒幕といってよい人物である。この吉田悟助という人は、とかく評判の悪しき人で、「見聞略記」という福岡藩の浦の庄屋が見聞きしたことを記録した資料の中にも登場してくる。

これには吉田郷助という名前で出て来るが、この記録を見ると、吉田悟助は世間でも様々に悪評があった人物のようであり、これらのことがすべて事実でないにしても相当にいわくつきの人物であったようである。「見聞略記」より吉田郷助の悪評について一部現代語訳（筆者訳）で記す。

吉田郷助といふ人は生まれつき智謀たくましく、先代の殿様黒田甲斐守様が御存命のおり、謀叛を起し、甲斐守様を殺害しようとしたが、悪事が露見し、これに加担した者たちは遠島流罪等になった。吉田郷助は片山家へ押込まれ、不自由な生活していたが、甲斐守様が御病死されたため、次第に手蔓を求めて、たちまち秋月家中へ再び勤めに戻ることになり、元々智謀たくましい者であったから、間もなく重役になった。先年の悪事露顕の時より二十五年が経過したところで、又々よからぬ謀りごとを企て、当代の殿様を意のままに操ろうとして、様々に工夫をめぐらし、家中の諸士を騙して手なづけていったが、そのため思わず悪事に加担した者たちも数多くいた。

と、郷助（悟助）はなかなかのしたたかな悪辣ぶりである。次に、臼井亘理暗殺事件に関する部分についても記述があり、原文のまま抜粋し現代語訳（筆者訳）も付記しておく。

（原文）「然ルニ去辰年冬、家老の子息京都ゟ罷下リ、祝ひの酒宴致されける夜ニ、寄（奇）兵隊ニ申付ケ、右酒宴の席に踏込ませ、家老の子息殺害いたし、其妻女長刀ニ而余程防がれ候得共、なんなく此妻も害せられ候よし、右家老の子息、生ケ置てハ謀叛の妨けと思ひての事なりしか、……」

（現代語訳）「ところが、去る辰の年（慶応四年）の冬、元家老（臼井儀左衛門、かつて秋月藩の家老職を務めた）の子息（秋月藩執政臼井亘理）が京都より帰藩し、祝いの酒宴が催された夜に、奇兵隊（干城隊）に申し付け、酒宴の席に踏み込ませ、家老の子息（臼井亘理）を殺害いたし、その妻女（亘理の妻清子）が長刀を持って防戦したがついにはこの妻も殺害されたとのことである。この元家老の子息（亘理）が生きていては、この吉田郷助の野心の邪魔になると思ったのであろうか、……」


とあり、福岡藩の浦の庄屋がかなり突っ込んだことを記述しているのである。

ただし、一部事実との齟齬が見られる。「去辰年冬」とあるが、暗殺事件は旧暦五月に起きたのであるから「冬」ではなく「夏」である。また「酒宴の席に踏み込ませ」とあるが、実際は宴も終わりその夜半未明に寝込みを襲撃したのであった。そして、「其妻女長刀ニ而余程防がれ」と、長刀を持って防戦したと書かれているが、実際は夫や幼い娘を護ろうと必死に相手にしがみついたのであり、賊はこれを引きはがそうとして切り殺してしまったのであった。齟齬については格別重要ではない。吉田悟助が臼井亘理暗殺事件に関係していたことを庶民が知っていて、こうしてはっきり述べていることこそ、正に人の口に戸を立てられないという怖さを物語っている。

世間の人達は悟助に対して胡散臭いものを感じ、このような噂をしていたのであった。

理不尽な裁定

事件後、臼井家親族は寄り集まり、憤懣やるかたなく、無念を晴らすべく藩庁に訴えることになった。亘理の弟渡辺助太夫、上野四郎兵衛をはじめ親族・知人らが藩庁に赴き、厳正な裁定を下し、暗殺に加担した者たちを厳罰に処していただきたい旨を訴え出た。

　家老の吉田悟助は、「そもそもが臼井亘理に非あり。己の立身を図るため薩長に近づき、藩のことをないがしろにした罪は軽くはない。干城隊の若い隊士たちが悲憤慷慨し、誅罰を加えようとしたことはむしろ正義心のあらわれであって、咎めるのは筋違いである」という驚くべき返答で、臼井家の人達は一瞬息を呑んだ。次の瞬間には体中が熱くなり、怒りの炎が噴出してきた。

　中島家の方でも少し遅れて訴え出たが同様の冷たい対応であった。

　両家の親族や、臼井亘理、中島衡平を支持する人達も加わり、この理不尽な物言い、悟助の対応に激昂した。

　長旅から帰って来たその夜、酔い、疲れて熟睡しているところを襲いかかり、亘理のみならず妻をも無残に殺し、女児にまで傷を負わせたことは許されざる非道な所業である。

「このまま受け入れてはならない。断じて承服できない」という動きが出て来た。

　秋月藩主の黒田甲斐守長徳にこの事件の報が入り、善処すべく帰藩することとなった。

　長徳公が秋月に戻ってから十日ほど経った慶応四年七月八日、臼井、中島両家は藩庁に呼び出され、達書が読み上げられ判決が申し渡された。

　干城隊士、臼井亘理・中島衡平の親族、三者にあてた判決文は次の通りである。

　干城隊士に対しては、

「臼井亘理中島衡平切害ニ及ビ候段、国家之為姦邪（かんじゃ）ヲ除ク赤心（せきしん）より出デ候事トハ申シ乍ラ、国典ニ於テ赦サレ難キ挙動ニ付、厳重ニ仰セ付ケラル可キノ処、深キ思召（おぼしめ）シノ旨在ラセラレ寛大ヲ以テ異儀無ク差シ免ゼラレ候事」

とあり、「臼井亘理、中島衡平を殺害に及んだことは、国家のため邪悪を除く赤心（純粋な心）より起した事件とは申しながら、国法においては許され難き挙動につき厳重に処分すべきところであるが、格別の思召しにより寛大な処置をもってさし許す」ということで、結局無罪という裁定となった。国家、国法の「国」とは藩のことである。

臼井亘理に対しては、

「亘理儀己ノ才力ニ慢シ、我意ヲ募リ、他ノ存意ヲ防（妨）ゲ、衆人の憎ミヲ請ケ、人望ニ相戻リ　……中略……　国情ヲ他ニ漏シ、御配慮ヲ掛ケ奉リ候段、身ヲ思フニ厚ク国ヲ思フニ薄キ訳ニ相当リ、終ニ此節（このせつ）非命ノ死ヲ遂ゲ候段、自ラ招クノ禍ニテ、是非無キ事ニ思召シ候。依リテ家名断絶ヲモ仰セ付ケラル可（べ）キノ処、旧家ニテ御用達モ致シ候家筋ニ付キ、格別ノ寛大ノ思召シヲ以テ、跡式異儀無ク仰セ付ケラレ候事」

とあり、「亘理は己の才能に慢心し、自分の主張を押し通し他の者たちの考えに聞く耳を持たず、多くの者から憎まれるなど、人望にも欠け……国の情報を洩(も)らし、また自分の出世のことばかりを願い、国のことを考えない、そうした態度が非業(ひごう)の死を招いたのである。本来ならば家名断絶を申しつけられても仕方の無いところであるが、旧家としての家柄に免じて格別に寛大な処置をもって家名の存続をさし許す」ということで、家禄三百石から五十石を減ぜられることになり、臼井家にとっては甚だ理不尽なものとなった。汚名を着せられ全くの殺され損となった。

中島衡平に対する判決も、

「衡平儀兼テ心術正シカラズ、奸智ニ任セ利口ノ説ヲ唱へ、正義ヲ妨ゲ其外不所行ノ儀共ニ之有リ、衆人ノ憎ミヲ請(う)ケ、終(つい)ニ非命ノ死ヲ遂ゲ候段、自ラ招クノ禍ニテ、是非無キ事ニ思召シ候。依リテ家名断絶ヲモ仰セ付ケラル可(べ)キノ処、旧家ノ儀ニ付キ格別寛大ノ思召シヲ以テ、跡式異儀無ク仰(おお)セ付ケラレ候事」

とあり、「衡平は心の持ち方が正しくなく、やましい心で利口ぶった主張を唱え、正義を妨げていた。所行もよろしくなく多くの人たちの憎しみを受けて非業(ひごう)の死を遂げたものである。家名断絶となるべきところであるが、旧家であるゆえに寛大な処置をもって家名の存続をさし許す」ということであった。臼井亘理に対する判決と同様到底納得できる内容ではなかった。

藩主長徳は政治を行うにはまだ若く、この事件についても主体的に正しく判断することが出来るまでには至っておらず、実はほとんど吉田悟助、田村四郎右衛門ら重臣たちの意向に沿って書かれた判決文であったと考えてよい。

臼井家は、嫡男の六郎が幼いため、亘理のすぐ下の弟で渡辺家に養子に出ていた渡辺助太夫が実家に戻り、臼井慕と改名し家督を継ぐことになった。

藩の重臣が寝込みを襲われ非業の死を遂げ、おまけに五十石を減ぜられ、罪人のような扱いを受けたのであるが、臼井家を守るためこれに耐えるほかなかった。

しかし、「これでは仏も浮かばれない。公正な裁きがされなければならない」と全く納得がいくものではないと考えるのは親族ばかりではなかった。臼井亘理や中島衡平の考え方や姿勢に共鳴していた藩士たちは多くいた。

実は、亘理殺害の実行役であった山本克己（後に一瀬直久と改名）の父山本亀右衛門も亘理を信奉する一人で、息子が亘理を殺害したことを知り、「何たることをしたか」と激怒、悲嘆したという。また亘理の末の弟上野四郎兵衛、松村長太夫、宮井七左衛門ら十一名も憤慨し到底承服できるものではないと、宗藩である福岡藩に訴え出た。

福岡藩でも事態は当然承知していたが、時代が激しく移り行くなかで、自藩のことだけでも喫緊の課題が山積しており、支藩のもめごとに労力を割いている余裕はなかった。

干城隊を動かしている吉田悟助は秋月藩の国家老であり、これを罰すれば混乱は大きくなるばかりである。宗藩である福岡藩が下した結論は、「不問に付す」ということで、干城隊及びこの背後にあった吉田悟助らも一切処分なしということで決した。

一方、あくまで納得しない亘理、衡平側の上野四郎兵衛ら十一名は引き下がらなかった。そのため強訴の罪によってとうとう投獄されることになってしまった。悔し涙を流しながら、この処分に従うほかなかったのである。

彼らが釈放されたのは、明治四年七月であった。別に暴動を起こしたわけでもなく、公正な裁きをと訴えただけであったのに、まる二年もの長い年月拘束されてしまったのである。

彼らの不満は後の世にも継がれていき、明治、更には大正、昭和と時代が変転してもくすぶり続け、汚名回復の機会を求める行動があったと言われる。それほどに無念極まりない裁きであった。

六郎は、これらの事情を叔父の上野四郎兵衛から聞かされ、切歯扼腕し涙が滴り落ちた。そして、

「一瀬め、萩谷め」と、父母を直接手にかけ酷くも殺した二人

中島家墓地　秋月の大凉寺にある。三基あるが、左側の丸い墓石が中島衡平の墓である（筆者撮影）

への復讐を誓い胸に秘蔵した。

もしこの時、この事件が厳正に裁かれ、干城隊に対しても処罰があったならば、悔しさを呑み込み、気持ちの切り替えをすることもできたであろうと、後に裁判官となった木付篤はそう思った。

六郎、上京を懇願

六郎は十九歳になった。亘理の血をひき幼い頃から利発な子であったが、良き青年に成長していた。藩校でも懸命に勉学に励んでいた。

さる人から声がかかり、三奈木小学校の代用教師となった。子供たちに対して優しい先生で人気もあった。自宅から二里余の道を下駄を鳴らして元気に通っていたようである。

いずれ正式に教員になれるのである。これで六郎も、秋月の地において落ち着いて臼井家を継いでいってくれるだろうと、養父らは安堵したところであった。

しかし、六郎は親類の木付篤が上京することを耳にすると、これまで養父から反対されていたのであるが、好機到来と再び上京のことを願い出た。

「六郎、お前一瀬を追って東京に行こうとしているのではあるまいな。時代があまりにも変わったのだ。そんなことは考えては断じてならない」と養父の慕(しとう)は言った。

「そんなことは考えてもおりません。心配はご無用でございます。私は東京に出てもっと勉強をしたいのです。篤さんが東京へ行くと聞きました。一緒に行かせていただけないでしょうか。東京には四郎兵衛叔父さんがおられますから、何もご心配には及びません。お願いいたします」と六郎は明るく振る舞い、そう言った。その六郎の言葉と態度を見て安堵した。

上京に反対したのもすべては六郎の身を案じてのことであった。

養父の慕も、これからの時代を生きていく若い者が学問をしたいという気持ちはもっともなことだと思った。六郎の将来のためを思い、祖父儀左衛門も賛同した。

鷗外と木付はすっかり話に夢中になって、徳利の酒が冷めてしまった。手に持って振ってみるといくらも入っていない。鷗外は炉の灰の中から燗(かん)のついた徳利をぬき出して、灰を布巾で拭きながら、「まったくおかしな形ですな」と尿壷型の徳利を見て笑い、木付の杯に酒を注いだ。

木付は、「それで、六郎の養父慕さんから頼まれて、一緒に上京することになったのです」と臼井六郎の上京のことへと話が進んできた。

鷗外は、六郎にとっては憎き干城隊、敵(かたき)の側にあった木付と、いくら親戚だからとはいえ、秋月から東京までの長旅を同行することにためらいはなかったのだろうかと思った。

しかも、親戚と言っても、木付篤の義理の外祖母が六郎の父亘理の従姉という縁類であった。

ただ、地方では遠い親戚であっても、付き合いは実に大事にしており、冠婚葬祭の時などにはいつも顔を合わせ近しくなっていることが多い。

鷗外は自分の故郷である津和野の親類との関係に照らしてみてそう思った。

六郎、木付篤と上京の旅

木付篤は、明治九年（一八七六）八月二十三日早暁、まだ薄暗い臼井家の屋敷で六郎と落ち合うことになっていた。臼井家の屋敷が見えてくると、あの日の夜の忌まわしい記憶が蘇ってきた。

門の前に下女のなかが待ち受けていた。なかは木付の姿を見ると母屋の方に知らせに入った。

母屋の方から何人かの人影が向かって来た。

今では六郎の養父となっている渡辺助太夫改め臼井慕や、祖父の儀左衛門、祖母のふゆ、妹のつゆ等であった。六郎も祖父母を労わるように何やら話しかけながら門のほうに歩いて来た。

養父の慕は「篤さん、長い道中ですがよろしくお願いします」と深々と頭を下げた。

木付が干城隊士として亘理暗殺に加わっていたとはいえ、主だった藩士の子弟は殆んどが加わっていたのである。臼井家の人たちもそうした状況はわかっていた。年少の者たちはほとんどみな無垢であった。

臼井家の人達に見送られ、六郎と木付の二人は連れだって秋月街道を福岡に向かって歩き出した。

秋月を離れれば再び故郷に帰れるかどうか、六郎は胸に誰にも言えない悲願を抱えていた。まだ旅立ったばかりだというのに突然堪（たま）らないほど故郷恋しさ、我家恋しさの情がこみ上げてきた。

「父上、母上、必ずやこの怨み晴らします」と改めて己の胸に誓ったのであった。

木付は、どこか遠いところを見つめているような六郎の表情に不安を感じた。

「六郎君、故郷（ふるさと）の山河、古処山（こしょざん）や野鳥川（のとりがわ）、我らが城下の家並みを目にしっかり焼き付けて行こう。世に出でずんば二度と帰らずの心で精進していこう。故郷よ、いざさらばだ」と少し気負い、感傷じみたことを言った。


秋月藩の宗藩である五十二万石福岡藩の城下はいったいどんな賑わいなのだろうか、片田舎の秋月から一度も出ることなく、父からかつて幾度となく聞かされた福岡の情景を繋ぎ合わせ想像をめぐらした。福岡まではおよそ十余里の道のりである。一日あれば到着できる。

しかし、この旅の行先は東京である。想像もできない遙かな距離である。

もはや江戸から東京と呼び名も変わって十年近く経過している。徳川将軍家の居城であった江戸城は、いまや明治天皇の御所となっていた。時代は大きく変わった。今、新政府はあらゆる分野で欧化政策を推進している。

今年、九年三月には帯刀禁止令が出て、武士の特権であった刀を差すことを固く禁止するということになった。これまでは散髪脱刀令という、刀を差しても差さなくてもよいという緩やかな決まりであった。

士族たちは武士の誇りを蹂躪するものだとしてその不満は爆発寸前になっていた。

六郎にとってもっとも衝撃だったのは、その三年前の六年二月に「仇討ち禁止令」が公布されたことであった。法律を破れば「死罪」ということになったのである。養父たちが仇討ちを固く禁じたのは六郎の将来を思えばこそであった。

六郎と木付は黒崎港から船で大阪に渡り、ここから東京を目指して何日も歩いて行くことになる。忌まわしいあの日の事件のことを思い出させるような秋月の話題はお互いに避けた。それよりも東京のことや、通り行く見知らぬ村や町の風物や人情、美味しい名物のことなど話すようにした。

木付は六郎の横顔を時折観察した。

一瀬が明治五年に秋月を去り、上京していることは知っている筈であるが、一番気になっているだろう一瀬直久の名前は一度も出てこない。

六郎が東京に行って勉学をしたいと言っていることは養父の臼井慕から聞いていたが、その心の底にあるのは一瀬直久への復仇であろうという疑いの念がどこかに拭いきれずにいた。

しかし、道中、よく食べよく笑い、将来への夢まで語る六郎を見ているうちに、自分の思い過ごしであろうかと思うようになってきた。

間もなく東京に着くという頃には二人の気持ちはだいぶ通いあうようになっていた。

六郎は、木付との長旅の終わりが近くなったことを知り、ぼそっと言った。

「木付さんは東京に着いたらどこへいくのですか」

「あてがあるわけではないが、官職に就きたいと思っている」

「どうすれば官職につけるのですか」

「よくわからんが、……」と言いかけて「秋月の先輩を訪ねてきっかけをつくろうと思っている……」という言葉を呑み込み、「まあ、なんとかなるだろう。とりあえず、三十間堀の黒田のお殿様のお屋敷に行って情報を掴んで、それから動き出そうと思っている」と言うにとどめた。

　秋月からも一瀬のほかに何人かは司法省等の官庁に出仕している者がいた。その中でも一瀬が出世街道を進んでいるようであった。他に良い手蔓（てづる）が見つからなければ、「一瀬さんに頼もうか」と思っていることも事実であったが、六郎が胸の奥にしまい込んでいるかも知れない「一瀬直久」の名前に触れるような方向に話が向かってはならないと自重した。

「六郎君はどうするんだ。四郎兵衛おじさんに伝手（つて）を頼むのか？　文部省で働いておられるのだから何か良い話もあるのではないか」と六郎のことに話を逸（そ）らせた。

「叔父の伝手でなんか仕事を捜してみようかと思っていますが、その前に学校に入ってもっと勉学をしたいと思っています」

「そりゃ良い。これからは学問の世の中だ。切った張ったの時代ではない」と、思わず口に衝いて出てしまいハッとした。

　二人は、八月二十三日に秋月を出発して、十月初め頃ようやく東京に着いた。

約四十日の長旅であった。ずっと一緒に歩き続けて来た。

お互い腹の探り合いをしながらも、六郎に木付に対する悪感情がある訳ではなく、やがて情が通いあうようになってきたところであった。二人は旅の終わりを迎え、一抹の寂しさを感じていた。

これからはそれぞれの道を歩いて行くことになる。

六郎が訪ねて行く上野四郎兵衛の住居、西久保明船町（現在の港区虎ノ門二丁目）に近づいて来た。

名残惜しいが、いよいよ別れることになった。

「では、ここで失礼する。旅は道連れというが、道中お陰で楽しかった。四郎兵衛おじさんによろしく言ってくれ」

「篤さんもお達者で、どこか良い働き口があったらいいですね。僕にも紹介してほしいな」と六郎は精一杯の笑顔を見せた。

勝手のわからない東京の路地を何度も迷い、人に訊きながら西久保明船町に住む叔父の上野四郎兵衛の自宅にようやくたどり着いた。

四郎兵衛は、この頃名を「月下」と改め、文部省の下級役人として出仕していた。

月下は臼井家の三男として生まれたが、上野家に養子に入り、長徳公御代の慶応二年二月に養父上野四郎正信から百三十石の家督を相続し御馬廻組、また学館の指南役を仰せつけられていた。

御馬廻組というのは殿さまのお側付きの役職で藩内においては出世組の部署である。

そんな上野月下であったが、「改正官員録」を調べてみたものの、文部省の官員名の中に名前が見つからなかった。名簿にないほど下級の身分であったのか、筆者が見落としたのかは不明である。月下は、嫌な思い出を振り払うように上京したのであるが、今は、背伸びすることなく下級役人の身に甘んじて静かに生活していた。

六郎の無念さは察するに余りあるが、藩もなくなり、その上「仇討ち禁止令」が出た今、敵討ちなど決して考えてはならない、それよりも、嫌なことは忘れ、新しい時代に合わせ、何か生きる道を見つけてほしいと、悔しさを顔に滲ませていた六郎に幾度となく言ってきた。

その六郎が自分を訪ねて上京してきたのである。涙が出そうになるのを堪え、代りに笑顔を作って出迎えた。

「六郎、よう来たな。大きゅう立派な青年になった。よか、よか。遠慮はいらんから、入れ入れ」

と叔父は懐かしそうに六郎の手を取り家に引き入れた。

秋月の乱

六郎が東京に着いて間もなく、故郷秋月ではまた大きな事件が起きた。

明治九年（一八七六）十月、佐賀の乱、熊本の神風連に呼応して、旧秋月藩においても元藩士宮崎車之助、今村百八郎らを中心とした約四百人が決起した。新政府への不満を爆発させたのである。

宮崎車之助、今村百八郎は、かつて干城隊隊士から一目おかれ指導的な立場にあった。

この反乱には元干城隊の隊士たちも大勢加わっていた。木付篤も秋月にいたならば、おそらく秋月の乱に加わらざるを得なかったであろう。間一髪のところで免れたと言える。

廃藩置県により藩という拠り所をなくし、禄を奪われたのみならず、帯刀を禁止され武士の誇りをとことん踏みにじられた。その上、尊王攘夷を叫んできた連中がなんと西欧かぶれの服装をし、西洋式の制度や考え方をどんどん取りいれているのである。そんな政府に一泡吹かせずにはいられない。秋月の乱もそのような流れで起きたのである。客観的に見れば、軍備、戦術からして無謀であることは明らかであったが、旧豊津藩も同時に決起する約束であり、また各地に反乱の兆しもあり、その熱気は、新政府何するものぞという勢いであった。

しかし、頼みにしていた豊津の事情が変わって反乱の火の手は消し止められた。

秋月には反乱鎮圧のため、乃木希典少佐が率いる小倉鎮台の軍隊が乗り込んできた。

秋月党の火縄銃や刀槍に対して、乃木配下の軍隊は手元で玉籠めが出来て、威力もまるで段違いの西洋銃である。服装はと言えば秋月党は鎧冑に身を固め、相手が目の前にいなければ勇ましくも見えるであろうが、いかにも古めかしいいでたちであった。ひきかえ乃木軍は雨をもはじく軍服に軍靴という近代的な服装であった。動きにも格段の差が出た。

秋月軍は雨が降れば着物はずぶ濡れになり、ズッシリと重くなって身体からどんどん体温が奪い取られていく。その差は歴然で、数日後には小倉鎮台によって鎮圧された。

（右から）**宮崎車之助、宮崎哲之助、今村百八郎の墓地**　三人は実の兄弟で、干城隊の隊士たちにも影響力があった。秋月の乱の中心。車之助、哲之助は自刃。今村は斬首された（筆者撮影）

結果、幹部たちは七人が自刃、反乱軍の中でもっとも気を吐いていた今村百八郎らは一カ月近く逃げ延びたが、ついには逮捕された。今村は九年十二月三日、福岡で裁判にかけられた。判決は斬首であった。

そして、この後の明治十年（一八七七）一月二十九日に、西郷隆盛を盟主としていただいた西南の役が起きた。さすがに西郷と共に死のうという士族であったから、その意気は軒昂（けんこう）、この反乱はおよそ九ケ月に及んだ。士族による最後の反乱であった。

六郎は、秋月の乱のことは上京後まもなく知った。

父亘理を激しく非難し付け狙っていたという宮崎車之助が自刃し、また今村百八郎らが斬首の刑に処せられたことは溜飲がさがる思いであった。しかし、その一方では、あんなにも平穏だった秋月の地が血で汚され、死屍累々（ししるいるい）の地獄絵図のごとき事件が起きたことについては、言うに言えぬ悲哀を覚えた。

宮崎車之助、今村百八郎、宮崎哲之助の三兄弟は武士たらんとして生き、秋月勤王党の中核で腕も立ち、弁論も他を圧するほどの冴えがあり、頼もしいリーダーであったと察せられる。多くの信奉者がいた。今は秋月の長生寺の樹木に囲まれた墓に静かに眠っている。

酒が好きだったとのことで、筆者が訪れた時にはカップ酒が供えられていた。

六郎、旧主黒田長徳邸への出入り

東京に出て来たのは、養父臼井慕にも、叔父上野四郎兵衛（既に月下と改名）にも、勉学のためと言っていたのであるが、まだ具体的な考えもなく行動を起こしてもいない。

毎日、叔父の家をぶらりと出ては一瀬直久の居所を知る手がかりを得るためあちこち尋ねていた。時には秋月出身の知己を訪ねたりすることもあった。

また、六郎の従姉にあたるワカの夫の鵜沼不見人（うぬまみずと）が旧藩主黒田長徳邸の家扶（かふ）をしていたため、黒田邸を訪ねることがあった。ワカは六郎の父亘理の姉利子の長女であった。

ワカも自分の母の実家である臼井家に起きたあの惨事を忘れることはなかった。

京橋区三十間堀三丁目（現在の銀座六丁目付近）の旧秋月藩主黒田邸には故郷秋月懐かしさで元藩士達がよく顔を見せていた。

一瀬の動静を探る上でも、黒田邸に出入りするのは情報が入り都合が良かった。

旧藩士たちのたまり場となっているのは二階の広間であった。誰が今何処にいる、何をしているという噂が自然聞こえてくる。

目だたないよう気を付けながら情報を集めた。まだ一瀬直久の近況は聞こえて来なかった。

叔父の月下からは、これからどう生きていくのか、己の道をよく考え見極めよと言われ、猶予の時間をいただいていた。それにしてもいつまで叔父の世話になり続けるわけにはいかない。

ある日、六郎は一瀬が元福岡藩の早川勇の伝手で司法省の官員になっていることを耳にした。

当時の明治政府はまだ草創期にあって西欧の諸制度を研究している段階で、中央官庁の役人などを登用する任官制度を確立するまでに至っておらず、旧諸藩から、と言っても、とりわけ薩長土肥の四藩、さらにこれに連なる各藩から優秀な人材を一本釣りして人材確保に努めていた。

新しく設置した警視庁の警察官などもみなそのようなかたちで空席を埋めていったのである。有力な人物のところに人材が集まったのもその力を頼みとし、自分の実力を養い官職を得ようとしていたのが実情であった。

旧肥前藩士大隈重信の邸宅にはそんな若者がいつもいて大隈の鋭い眼光に適ったものには出世の道が開けていた。一瀬直久もその一人であった。

司法省では、西欧に倣って司法制度を急ぎ構築していかなければならない段階にあった。そのために人材を育成しなければならない。法律を学ぶ学校（明法寮）を作り、優秀な者は司法省官費留学生としてフランスに派遣していたのであったが、それだけではとても間

大隈重信　肥前佐賀藩出身。大蔵大臣、第8代・第17代内閣総理大臣等要職を歴任。早稲田大学を創始（国立国会図書館所蔵）

に合わなくなった。

旧藩の時代にはどこの藩にも藩校があり、武士たちは四書五経など漢学を中心にしっかり学んでいた。こうして培った儒教倫理によって理非曲直をわきまえ、事の是非を判断する能力もあったのである。西欧の法律を学んでいたわけではないが、裁判官になった士族たちは適切に罪を裁き、判決を下すこと、判決文を書くことが出来たのであった。

判断の難しい事案については、明法寮の担当官に相談することも出来た。なお、明法寮は八年（一八七五）に廃止され、その後は司法省法学校に引き継がれた。

司法省は裁判所の拡充を迫られ、「判事」の需要は増加の一途にあった。そこで、司法官養成のための司法省法学校正則科が設置され、また短期養成の速成科が設けられた。卒業したもののほとんどは司法省に出仕したようである。

木付篤もこうした学校に入り司法省に出仕した一人ではなかろうかと推察したのであるが、この卒業生名簿に木付の名前は見当たらなかった。木付が上京したのは九年十月であった。

正則科の修業年限が長いため、それでは到底間に合わず、同年三月には短期養成の速成科も設置されたのであったが、学生募集はすでに締め切られていた。木付が上京した十月では時期的に間に合わなかった。木付は、翌十年六月には、すでに熊谷裁判所の十七等の書記官になっていたのであるから二期生募集の速成科に入ったわけでもなかった。

おそらくは伝手を求め司法省に職を得て、何らかの研修を受けた後、実務、つまり現場で仕事を覚えて行く、たたき上げの司法官となったのである。それにしても、上京したのが前年の十月であるから一年足らずで官職についたのである。誰を頼ったのか、筆者には想像を廻らすしかない。

一瀬直久、早川勇を頼る

一瀬直久（旧名　山本克己）は明治五年（一八七二）に秋月を出て上京した。

臼井六郎は父の敵（かたき）が自分の手の届かない遙か遠い東京に行くということを聞き、焦りまた茫然とした。近くにいればこそ憎むことにも仇を討つことにも現実味があった。

去って行く一瀬を六郎はどうすることも出来ず、歯ぎしりするしかなかった。

一瀬は臼井亘理を暗殺した後、時間の経過とともに自分が正義として信じて実行した「天誅」に懐疑的になっていった。

父山本亀右衛門のこの事件における悲憤、落胆ぶりは直久の胸には痛いものがあった。

一瀬が秋月勤王党の雄として世間から見られていたことも確かであったが、亘理暗殺後には称賛よりも、むしろ冷たい視線が刺すように感じられるようになった。

一瀬は、明治と改元された新しい時代になってみれば、およそ時代錯誤な行為であったと悔やまれた。家老吉田悟助ら重臣たちの私恨に踊らされた怨みがあった。秋月藩が廃され、旧藩主黒田長徳が東京住まいになったのを機に秋月を出る決意をした。

秋月藩の宗藩である福岡藩から明治政府に出仕し、司法省の高官に出世している早川勇を頼っていくつもりであった。早川は勤王党の実力者として知られていた。

父亀右衛門には東京に行き官員への道を探る旨を伝え承諾を得た。このまま秋月にいても閉塞してしまいそうで、息子の将来にとってはそれが良いだろうと亀右衛門も考えたのであった。

早川勇は筑前国福岡藩の勤王家で、盟友月形洗蔵と共に尊王攘夷に奔走した人物である。

犬猿の仲であった薩摩と長州の手を結ばせることはできないものかと、早川は腐心した。

当時、長州の尊王攘夷思想は倒幕へと過激化していた。一方、薩摩と会津の両藩は朝廷と幕府を結び共に力を併せて諸外国に対していこうとする公武合体論を支持していた。

薩摩は藩主島津斉彬、久光の意向に沿って公武合体の推進力となっていた。

長州は薩摩と会津の合同軍によって撃退され多くの犠牲者を出して京都を追い払われた。世に言う「禁門の変」である。長州人は薩賊会奸（さつぞくかいかん）と罵り（ののし）薩摩を憎みぬいていたのである。

長州に同調していた三条実美らの七人の公卿（くぎょう）は、京都から長州へと落ちていくことになった。

七卿落ちと言われたが、その中で錦小路頼徳は病没、澤宣嘉（のぶよし）は生野（いくの）の変に加わり姿を消すことになり、五卿となった。

五卿を長州に置いておくのは危険だということで、やがて筑前国大宰府に移すことになった。その時、早川勇は三条実美らのお世話をし厚い信頼を得た。

早川勇と三条実美、野村靖
三条実美から信頼された早川勇の人となりが偲ばれる。右から早川勇、三条実美、野村靖（福岡県立宗像高等学校所蔵）

そして、五卿に随っていた土佐の中岡慎太郎と知り合うこととなり、西郷と中岡が会談し、元治元年（一八六四）十二月二十四日、早川勇と月形洗蔵の仲介により西郷隆盛と高杉晋作の会談が実現したのであった。

薩摩と長州を結ぶなど到底不可能と誰もが思うところであったが、早川はあきらめることなく困難を乗り越え、薩長の和解なくして倒幕という回天の大事業はなしえないという信念を貫いたのであった。ここに奇跡と言っても良い薩長間の同盟が実現したのである。

早川はこの時の得も言われぬ感慨を漢詩に詠んでいる。

苦辛緩解腹心披（苦辛緩解し腹心披く）　昨日恩讐彼一時（昨日の恩讐彼の一時）
誰料狭斜絃鼓裏（誰か料らん狭斜絃鼓の裏）　半宵樽俎決安危（半宵樽俎安危を決す）
対帆楼会西郷高杉二雄（対帆楼にて西郷高杉の二雄会す）　勇旧作

「（これまで）ひどく苦しんできたがようやく互いの気持ちも和らぎ心をひらくことが出来た。昨日までの怨みやわだかまりを超えるべき大事なひと時よ。三味や鼓の鳴るこの遊里の席を誰が取り計らったというのか（誰あろう、それは我らであるよ）。今宵の談判は、まさに国の存亡を決することになるだろう。

対帆楼において西郷、高杉両雄の会談が実現できた喜びを詠む　　早川勇旧作」

と、このような詩意になるであろうか。

この詩からは、両雄を会談に導くことが出来た早川勇の無上の喜びが察せられる。

こうして早川らの周旋（しゅうせん）によって地固めがなされたこともあり、その後、土佐の坂本龍馬が西郷隆盛と木戸孝允の手を握らせることに成功したのであった。

ここに薩長同盟が成立し、倒幕への驀進力（ばくしんりょく）が生まれたのであった。

早川は勤王党としてこのように大きな働きをしたのであったが、決して順風満帆（まんぱん）な船出とはならなかった。

福岡に戻ってみると、佐幕派が勢力を回復しており、勤王党はこの勢力に抗しがたく、慶応元年（一八六五）、勤王党の面々は捕えられ、斬首されたり投獄されたりと壊滅状態になった。

早川の盟友であり師であった月形洗蔵や同志たちは斬首されてしまった。

早川勇は死罪は免れ、慶応元年六月に投獄された。この政変を乙丑（いっちゅう）の獄（ごく）という。

殺されずに済んだのは、農民の出であり、また養子先が医家で自身も医者として医業に熱心であったことなどが幸いしたと言われる。

二年半の牢獄生活を終え、解放されたのは明治元年であった。この間に社会は大きく変わった。福岡藩五十二万石は、九州きっての雄藩でありながら維新の大回天の事業に乗り遅れたがために政府に高官として出仕した人物は早川をおいて他にいなかった。すでに勤王党の同志は乙丑の獄で処刑されていたのである。

多くの同志が没していった現実に深く心を痛め、はじめは明治新政府に出仕せずにいたが、新政府の頂点にあった太政大臣の三条実美らの強い要請で出仕することになった。

しかし、運の悪いことに福岡藩で贋札（がんさつ）事件が起こり、元藩主で当時藩知事であった黒田長知（ながとも）から福岡に呼び戻され、その処理にあたることになった。

早川勇の前には常に難事が立ちはだかった。

結果は、黒田長知の藩知事罷免（ひめん）、そして廃藩置県の直前であったのに福岡藩は改易処分となった。廃藩置県の実施に先だって新政府の力を世に示すための生贄（いけにえ）にされたのだという人もいた。

福岡藩の改易（かいえき）という衝撃的な見せしめによって、廃藩置県は殿様も藩士（武士）もいなくなるという大変革であるにもかかわらず粛々（しゅくしゅく）と進められたのであった。なかには莫大な負債を抱えにっちもさっちもならず、廃藩はむしろ都合がよかったという藩もあったようであるが、多くの武士たちにとっては拠り所を失う衝撃的な事変であった。

元福岡藩主黒田長知は知事を罷免されると、さっさと渡米し、その留守を家扶や家従に財産管理などを委せっきりにしていたが、あまりにも使い込みが大きく隠しきれなくなって、表沙汰になったのである。早川も黒田家の顧問の立場にあった。まったくこの件に関わりがなかったのであるが、共謀者のごとく疑われ、冤罪を受け、九年九月、警察に連行された。そして、四カ月も拘留されることになった。

その後法廷闘争をおこない、三年後にようやく無罪を勝ち取ることができた。政府の高位高官であった早川であるが、官位も剥奪され官職を去っていたのであった。

筆者は早川勇の経歴を追跡する中で、この頃官員録から早川の名前が消えたのが不思議であったが、実はこうした事情によるものであった。

一瀬直久、大隈重信邸に寄宿

九州の佐賀と福岡は地理的には近いが、決して良好な関係ではなかったようである。

肥前国佐賀藩の藩主は鍋島直正、閑叟と号し、機を見るに敏であった。最新式の銃や大砲を取り入れ、蒸気船なども備えるなどいち早く洋式軍隊を編成した。

福岡藩やその支藩の秋月藩が佐幕に拘泥している間に、倒幕に動いた薩長といち早く足並みを合わせていた。

薩長としても倒幕という大回天を実現する上で、佐賀藩の軍備は実際頼もしく思うところがあった。

実は、鍋島閑叟は薩摩から佐賀藩に養子に入った人で、島津斉彬（なりあきら）とは母方の従兄弟でもあった。双方、気脈を合わせ、互いに助け合うところがあった。

そういうことで、薩長土肥と言われるように、肥前からは明治新政府に高官として入る素地があった。大隈重信、江藤新平はその筆頭格である。

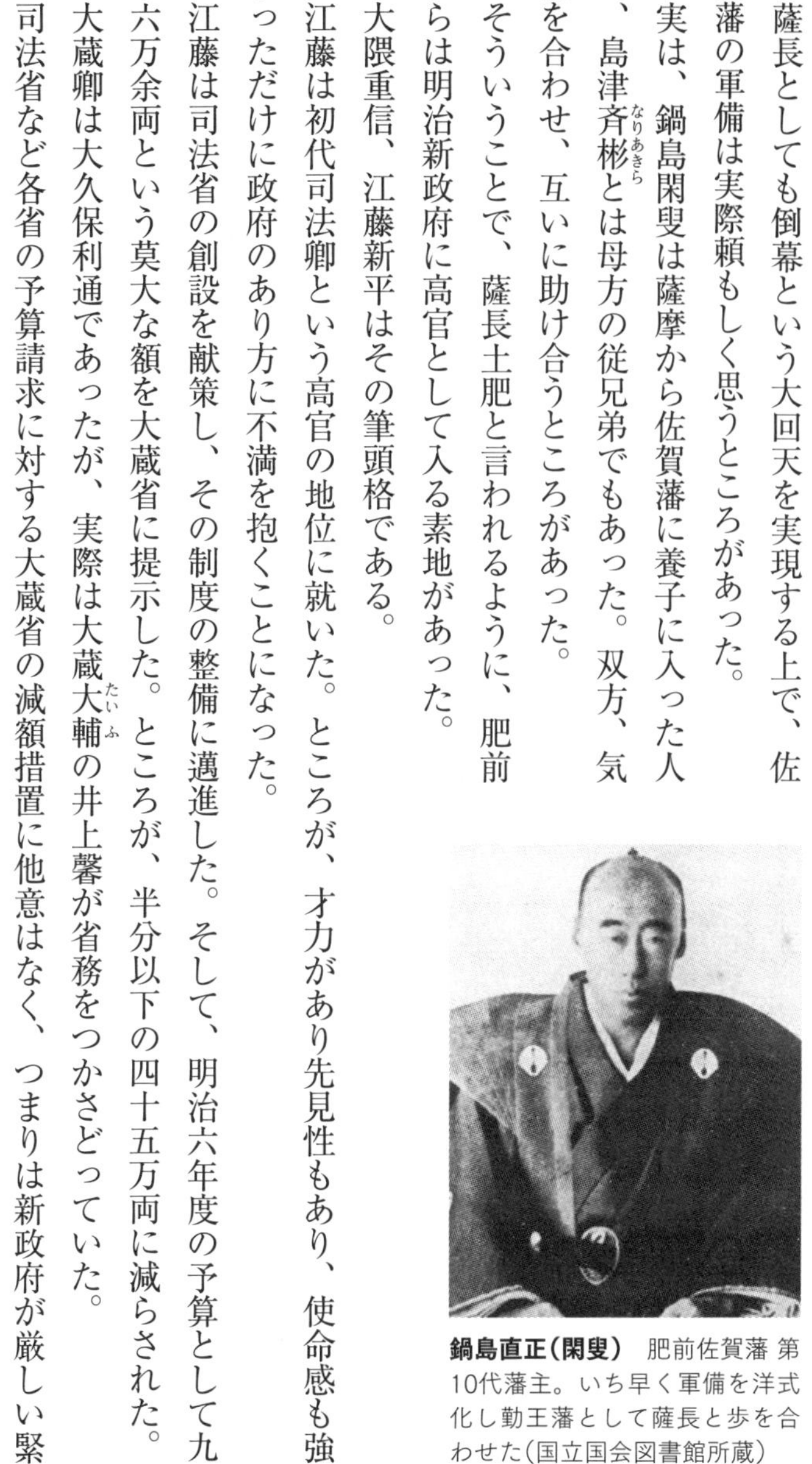

鍋島直正（閑叟）　肥前佐賀藩 第10代藩主。いち早く軍備を洋式化し勤王藩として薩長と歩を合わせた（国立国会図書館所蔵）

江藤は初代司法卿という高官の地位に就いた。ところが、才力があり先見性もあり、使命感も強かっただけに政府のあり方に不満を抱くことになった。

江藤は司法省の創設を献策し、その制度の整備に邁進した。そして、明治六年度の予算として九十六万余両という莫大な額を大蔵省に提示した。ところが、半分以下の四十五万両に減らされた。大蔵卿は大久保利通であったが、実際は大蔵大輔（たいふ）の井上馨が省務をつかさどっていた。司法省など各省の予算請求に対する大蔵省の減額措置に他意はなく、つまりは新政府が厳しい緊縮財政を取らざるを得ない事情があったのだと察せられる。

廃藩置県により全国の藩を廃したものの、藩から支給されていた藩士達の家禄をどうするか、これが大問題であった。

江藤新平　佐賀藩出身。明治5年司法卿となり、司法制度改革に尽力、府県裁判所の設置を提唱。6年に下野した後、新政府に抗議し佐賀の乱を起したが敗れ処刑された（国立国会図書館所蔵）

家禄をなくしてしまえば、武士たちは路頭に迷うことになる。結局、旧幕の頃と変わらず、藩に代わって明治政府が出すことになった。藩を失った武士達の不満を鎮めるためであった。

しかし、そんなことを続けていれば、たちまち国の財政が逼迫してしまう。

井上馨は大蔵卿になると、この滝のように流れ出す家禄の支給を止めなければと、政府要人たちの反対を押し切り、秩禄処分を強引に実施することにした。

簡単に言えば、家禄の支給をやめる、その代わりに金禄公債を交付し、当面の暮らしが成り立つように計った。つまり退職金のようにまとまった金を出してこれ以上の支給はしないというものである。

秩禄処分に踏みきったのは、まだこれより先の明治九年のことであったが、井上馨はいずれ国庫が逼迫することを見越して早くから緊縮財政を心がけていたのである。

近代国家の建設には際限なく金がかかる。しかし、無い袖は振れないのである。

一方、江藤新平は近代国家づくりの要となる司法制度の確立をなんとしても果たしたいと考えていた。各府県に府県裁判所を設け、全国並（な）べて同質の公正公平、適切な裁判が行えるよう、日本を法治国家にしていかなければならないと主張したのであった。ところが、先述のように財政上の問題もあり聞き入れられなかった。

江藤は憤懣やるかたなく批判をぶちまけた約四千字に及ぶ「辞表」を認めて、太政大臣三条実美に提出した。

三条実美はびっくりして引きとめようとしたが、江藤新平は突然下野して佐賀に帰ってしまった。そして、新政府のあり方、方針に反対する行動を起こした。佐賀の乱であった。

結局、政府に抵抗するには力及ばず失敗し、大久保利通によって斬首刑に処せられたのであった。

大隈重信のほうは、明治政府の大蔵大臣等の要職を歴任し内閣総理大臣に登りつめた。

また、教育にも深く思うところがあり、東京専門学校、現在の早稲田大学を創立している。

大隈の屋敷は梁山泊と称されたほど、才気煥発な若者たちが寄宿したり出入りをしていた。

前途有為な青年たちの人材育成に努めたのである。早川勇もその一人であった。

明治政府の最高位、太政大臣の地位にあった三条実美は、早川勇の新政府への出仕を強く望んだ。最初はこれを固辞したのであるが、たっての要請でついに政府入りした。

大隈重信もまた福岡藩勤王党の実力者として知られた早川勇を高く買っていた。

早川勇は上京すると大隈邸に一時寄宿した。三条卿のお声がかりで政府に出仕し、司法省に入省すると早々に高官の職に就いている。

旧秋月藩の一瀬直久は上京すると、この早川勇を頼ったのであった。

早川勇の推挙により大隈重信と面会することが出来た。ぎょろりとした大隈の鋭い眼光に圧倒されそうであったが、その眼鏡にも適った。一瀬は、大隈邸に寄宿することになった。そして司法省に入省することが出来たのである。

十年（一八七七）十月の「改正官員録」の「大審院裁判所」の頁には「福岡　一瀬直久　有楽町三丁目二番地大隈邸」と住所が記載されている。この頃、一瀬は住所を「大隈邸」に置いたまま、名古屋裁判所に勤務していた。十月、判事に昇進し、翌十一月、静岡裁判所に転属されている。

秋月藩の「秋府諸士系譜」を見ると、丹石流刀術菊池香斎武紀より免許を受け、また江戸三大道場に数えられる鏡心明智流の桃井道場「士学館」桃井春蔵から印可を授けられている。

一瀬は、剣術の腕前も相当なものであったことがわかる。文武に秀で期待される人物であった。早川自身も勤王党の活動で辛酸をなめて来ており、一瀬ら干城隊の勤王精神を評価していた。秋月の内情まで深く理解できていたものではなく、臼井亘理暗殺に関しても、その背後にある黒幕吉田悟助の陰謀、その真相にまで思い及ばなかったとしても止むを得ないことであったろう。

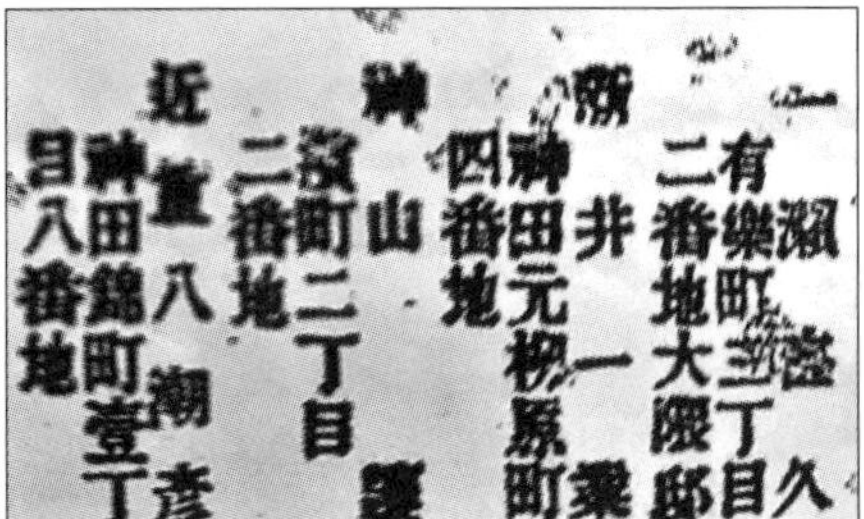

明治10年10月「改正官員録」より　「一瀬直久　有楽町三丁目二番地大隈邸」とある。大隈邸に寄宿していたことがわかる（国立国会図書館所蔵）

第四章　山岡鉄舟と臼井六郎

六郎、山岡道場に入門

六郎は、一瀬がすぐには手の届かない名古屋の裁判所に勤務していることを聞き知っていた。すぐにでも名古屋に行きたいところであったが先立つものがない。歯がゆく思いながらも相変わらずこれという定めた進路を叔父の月下（げっか）に示せずにいた。

いつまでもぶらぶらしているわけにもいかないと思っていた。

四谷仲町まで来た時、ある立派な邸内からカシャ、カシャと竹刀のぶつかり合う音が響いてきた。門の標札には「山岡鉄太郎」と書かれていた。

邸内を覗き見ると、かなりの数の門弟のイヤーッ、ターッ、トーッと力のこもった掛け声と竹刀のたたき合う音がまじり合って聞こえてきた。

六郎は「これだ、これだ、これこそ今自分が欲するところだ」と身体が震えるようであった。内弟子にしてもらえるならこんな有り難いことはないと思い、急いで叔父月下の家に帰った。一つの光明を得た思いで、夕飯を食べながら思い切って叔父にこのことを相談した。

「今日、山岡鉄太郎という人のお屋敷の前を通りかかったのですが、中から竹刀のぶつかる音や大勢の弟子たちの掛け声が聞こえてきました。これまでにない興奮を覚えまして、なぜか体が震えて、しばらく道場の前で立っておりました。叔父上、いかがでしょうか、内弟子にしてもらえるよう、山岡先生にお願いしてもらえんでしょうか……」

六郎は、上野四郎兵衛、いまは月下と名を替えた叔父の顔を見た。

「内弟子ならば食べる心配もありませんし、剣の腕も上達できるでしょうから」と六郎は勢い込んで言った。

月下は、箸の手を止め、上気した六郎の顔をじっと見ていた。

「六郎、お前まさか仇討ちを考えているのではないだろうな」と、六郎を確かめるように見つめた。

お茶を一啜り口にした後、六郎の眼を見据えて最も懸念していることを口にした。

「時代は変わったのだ。お前はお前の人生を大事に生きて行かなければならない、お前の父も母も、六郎とつゆの幸せを願っておろう。仇討ちなど決して望んでいないはずだ」と強くたしなめるように言った。

六郎は、少し笑みを目に浮かべ、先ずは叔父を安心させるためこう言った。

「叔父上、ご心配はご無用です。仇討ち禁止令も出て久しい今、そのようなことは考えておりません。悔しいのは、どうしたって悔しいですが……、だからと言って、犯罪人として裁かれるような無謀な真似はいたしません。秋月のお祖父様やお祖母様、妹つゆにも悲しい思いをさせてしまうではないですか。いたしませんよ、そんなこと……」

叔父の月下は、その真偽を確かめるように六郎の顔を見据えていた。六郎は続けて言った。

「私は自分の心と身体を鍛えたいのです。この胸の内の苦しさにも悔しさにも打ち勝てる心を養いたいのです。山岡道場のあの稽古は生半可な考えでは通用せんことはわかります。覚悟の上です」

六郎は自分の気持ちを隠して月下にそう言ったが、やはり後ろめたい気分は否めなかった。

月下は少しほっとしたような表情をした。

「そうか、それならば私も一緒に行って山岡先生にお頼み申し上げてみよう。お前は山岡先生をどのようなお方か知っているのか」

六郎はそう聞かれて返答に困った。

「そう言われますと、よく存じません。あの御屋敷を見れば、身分の高い立派な方のように思われますが……」と正直に思ったことを言った。

「知らんのか、山岡先生は日本でも屈指の剣客で、勝海舟や高橋泥舟と並び称されて幕末の三舟と言われるお方だ。今は、宮内省に出仕されて明治天皇様の教育係をされて、帝からも信頼されている立派なお方なのだ」

「帝のお側でお仕えされているのですか」

月下はこの際山岡鉄舟について六郎に話しておこうと思った。

「そうだ。江戸城を無血開城に導いて江戸の町を戦火から救ったのは、幕臣勝海舟が官軍の西郷隆盛と会談して合意できたからだが、実はそのお膳立てをしたの

勝海舟　幕臣。西郷と会談し江戸無血開城を主張、実現した。明治新政府参議、初代海軍卿（国立国会図書館所蔵）

は山岡鉄太郎高歩（たかゆき）、つまり山岡先生なのだ。その当時は、倒幕への勢いが煮えたぎっている時だから、まるで火薬庫に火を持って飛び込むような難しい危険な役目であった。これができるのは山岡鉄太郎をおいて他にないと、勝海舟は山岡先生にお頼みしたのだ」

「山岡先生はそんな危険なところに乗り込んだのですか」

「そうだ。東征軍参謀の西郷隆盛が滞在していた駿府の屋敷には、薩摩の示現流（じげんりゅう）の使い手がゴロゴロといたであろうが、そんな中を恐れるふうもなく入って行き、西郷と面会したのだ。西郷は朝敵徳川慶喜を差し出すよう要求したが、まったく命を惜しむ風もなく毅然（きぜん）として断った。鉄舟の気骨にはさすがの西郷隆盛も感服したそうである。つまり西郷が海舟と会談した時にはすでに話し合いの条件は整っており、それゆえに無血開城に至ったといえるのだ」

翌朝、早速叔父と共に四谷仲町三丁目（現在の新宿区若葉一丁目）の山岡邸に赴いた。

鉄舟は来るものを拒むことなく受け入れたが、覚悟の無いものは続くはずがなく去る者は追うこともなかった。入門は思ったより簡単に許された。

六郎は、毎日朝早くから、屋敷内の庭や門前の掃除、道場の床板の拭き掃除などをして、それから剣術の稽古等に励んだ。

山岡鉄舟は政府の官員になることは潔しと思わず固辞したが、西郷隆盛からのたっての要請により、これは断れず十年の宮仕えを約した。その約束通り明治五年から宮内省に出仕し明治天皇の侍従となり教育係として仕えた。恭順ながらも駄目なこと、間違っていることには帝に対しても毅然

高橋泥舟　幕臣。旗本山岡正業の次男。母方の高橋家を継いだ。兄が若くして亡くなったが、山岡家には戻らず、妹英子の婿に小野鉄太郎を迎え、鉄太郎が山岡家を継いだ（国立国会図書館所蔵）

とお諭(さと)し申し上げたと言われ、天皇からの信頼も厚く、山岡鉄太郎の辞任に対しては実に惜しまれたということであったが、約束通り十年後の十五年に辞職している。

私欲もなく、未練を残さず宮中を去った。

幕末の三舟として海舟、鉄舟と並び称される高橋泥舟は、もとは旗本山岡家の次男であったが、母方の高橋家を継ぐことになった。山岡家は槍術の家柄であり、泥舟は兄の静山の元で修業し、めきめきと腕を上げた。実家の山岡家は兄の静山が継いだが、若くして病死してしまった。泥舟は兄亡き後も実家に戻ることなく、同じ旗本の小野鉄太郎に妹英子(ふさこ)の婿として山岡家に入ってもらった。それが山岡鉄太郎であった。

つまり泥舟と鉄舟は義理の兄弟ということになる。泥舟は槍一筋に生き、講武所の教授、浪士取締役等を歴任、幕臣として活躍した。

鉄舟、「春風館道場」を開く

鉄舟は、宮仕えを終えた後は、若者の教育に情熱を注いだ。屋敷内に新たに道場を構え、「春風館道場」という看板を掲げた。

「春風館」の名は、電光影裏斬春風（電光影裏春風を斬る）という禅語から採ったものである。

南宋の時代、能仁寺の無学祖元禅師が蒙古の軍に取り囲まれ、刃を突きつけられた時に自分の心境を詠んだ漢詩の一節である。

「私を斬ろうというのか、それもよかろう。しかし、私を斬ったところで稲妻が春風を斬るようなものである。何も変わることはないのだ」と言い、どちらも「空（くう）」であり無きに等しいのだという心境を言い表したものである。蒙古の兵には何の事やらわからなかったであろうが、無学祖元禅師の泰然とした姿勢に圧せられたのであろうか、何もせず去ったということであった。

鉄舟が「無刀流」と称した境地もこれに通じるものがあろう。

臼井六郎が内弟子として山岡道場に住みこんだのは明治九年の暮れが押し詰まった頃から一年余であろうと思われる。

山岡鉄舟がまだ宮内省に勤務していた時期であり、春風館道場の看板を揚げていなかった。

春風館の修業の厳しさについて、臼井六郎の後の時代になるが、内弟子として修業した小倉鉄樹という人が語り継いでいる。

鉄樹翁の話から六郎が修業していた頃の山岡道場の様子が推し量れよう。

小倉鉄樹は十四年に、山岡道場に入門している。

十三年（一八八〇）十二月に六郎が仇討ち事件を起こし、日本中にまだその衝撃が走っていた頃であった。

ここ清風館道場においても、山岡先生が目にとめていた門弟臼井六郎が起こした事件であり、門弟たちは複雑な思いでこの事件のことを受けとめていたと思われる。

鉄舟は剣・禅・書を以て心を練磨し、何事にも動じない冷静沈着に対処する精神を養っていた。

山岡先生がじっと口を閉じ沈思しているのを見て、弟子の誰もが迂闊（うかつ）な噂話をするのは避けた。

六郎の心の内が痛いほどわかる鉄舟であった。

この仇討ち事件は小説や芝居などになって世間では大評判となっていた。

一般の受け止め方は、概して六郎に同情的であり好意的であった。

小倉鉄樹の弟子の牛山栄治氏、つまり山岡鉄舟の孫弟子にあたる人であるが、「『山岡鉄舟』―春風館道場の人びと」を著している。この著の中で、鉄樹翁がその昔を振り返り、清風館道場の厳しい稽古の様子や生活など貴重な証言を残している。

山岡鉄舟は、十五年に宮内省を辞した後、「清風館道場」の看板を揚げた。

この頃は内弟子が十人ほどおり、通（かよ）い稽古の人も数多くいた。毎日七、八十人くらいは来ていたという。

夏でも冬でも毎朝四時には起き出し、井戸端で水を汲んで顔を洗うと、素足で道場の雑巾がけをした。続いて広い庭を掃いて回る。これらが終わるといよいよ朝稽古になった。

汗臭い面を被り胴を付けると、激しい稽古の始まりで、足が痛いどこが痛いなど言っていられない。あまえたことを言っても容赦なく打ちこまれるだけである。覚悟を決めて相手に向かって行くしかない。

弟子たちが気合とともに竹刀をぶっつけ合い道場に熱気が充満する頃になると、その音を満足げに聞きながら鉄舟先生が起き出てくる。

道場に先生の姿が見えると、道場内の空気がサーッと変わり、竹刀の音、弟子たちの掛け声はいっそう張り詰めてくるのであった。

先生は誰彼の別なくひとわたり稽古をつけてくれたという。

山岡先生と対することは弟子の誰もが光栄に感ずるのであるが、そんな感慨にひたる暇もなくいつの間にか脳天にグァーンと響くような痛撃を受ける。

皆がへとへとになった頃ようやく稽古は終わる。

朝飯も夕飯もおかずは、毎日味噌汁に、大根の葉の塩漬けか沢庵漬ときまっていたという。

「腹が減ればまずいものなんかない。とにかく皆よく食った。栄養失調になる者もいなかった」と鉄樹翁は述懐する。

朝飯が終わるとちょっと休憩をして、また屋敷内の草取りをしたりして、そして再び汗臭い面や胴を付けて激しい稽古となる。

臼井六郎の頃も厳しさは同じで、いやもっと荒っぽい連中が集っていたかも知れない。彼(か)の勝海舟が山岡道場のことを「化け物屋敷」と言っていたほどである。

臼井六郎は、秋月の藩校の道場で稽古していた頃、「あの亘理様の子とは思われない、ひ弱な奴だ」と嘲笑されたりしたこともあった。

「確かにあの頃の自分は弱々しかった」と稽古した後の身体にまとわりつく汗を拭きながら我が少年の頃を振り返った。

六郎はこの道場の猛者たちの中では、今でもまだ華奢(きゃしゃ)なほうであったが、それでも改めて我が身体を眺めると、これが自分の身体かと不思議に思えるくらい引き締まり、胸や肩や腕にも筋肉が盛り上がっていた。

内弟子には、雑用が多かった。勉強したいと思うが、なかなか出来ない。まったく暇が無かったわけではないが、机に向かうといつの間にか疲れのために睡魔にうち勝てず、気付くと机に顔を突っ伏していた。

「鉄舟先生は『知行合一(ちこうごういつ)』ということをよく言われ、初学の者にはあまり書物にしたしませず、剣道と実務によって、身体で聖賢の書を読みとらせようとされていたことが段々にわかってきた」と鉄樹翁は言う。

『論語』読みの『論語』知らず、頭でっかちで理屈ばかりが先行することのないよう、先ずは掃除などの雑用や厳しい稽古など身体で徹底的に学ぶ。そうしてこそ、先哲の教えも正しく理解できるといった教育であったのだろう。

六郎は、両親を無惨に殺された上、藩から理不尽な裁定を下されたことを片時も忘れられずにいた。このうらみを胸の奥に仕舞い込み、全身全霊で修業に打ち込んだ。

「強くなりたい」、「怨みを晴らす」、この一念のみであった。

想像を超える厳しい稽古が待っていた。自分の痣だらけの体を眺め、それでも毎日の稽古が辛いとも思わないのはひとえに復仇の一念ゆえであった。

鉄舟の目にも、また妻の英子の目にも六郎の立ち居振る舞いは好青年として映っていた。

ただ、時おり六郎の澄んだ目の奥に潜む暗い翳りに鉄舟が気付かないはずはなかった。

「鉄舟先生は、どんなことでも真剣にかかれ、事に大小はあっても、いいかげんにやっていいものは一つもない。すべて修業は、一気に貫くことが大切である。二日あたためては一日冷やすといったやり方では、修業しても良い結果は得られぬものだ」と、よく弟子たちに言っていたそうである。

「すべて修業は、一気に貫く」、鉄舟の教えは単純にして深かった。

修業は毎日欠かすことなく、心と技と体とを一にして鍛錬を続けてきたのである。

山岡道場、後の「清風館道場」の朝稽古には休みの日がなかった。

数稽古というのがある。これは、食事時間のほかには面を脱ぐことも許されず、道場で稽古する大勢の門弟たちと休みなく稽古し続けるのである。これを一週間ぶっ続けに行うこともあった。

また、一日中立ちっ切りで二百面の試合をする、立切二百面（たちぎりにひゃくめん）という稽古があった。これは、門人二十人を一組にして志願者の前に並ばせ、休ませずに一人ずつ順番に立ちあわせ、一人が十回ずつ相手をする。これで二百面になるわけであるが、途中で参ってしまい立っていられなくなるほどであり、中には失神する者もいたという。これを三日連続で行う三日間立切六百面があったが、これは命がけの修業であったと伝えられている。

「山岡道場」、後の「清風館道場」はこのように山岡鉄舟の剣道理念に基づいて「一気に貫く」厳しい稽古が行われた。

山岡鉄太郎は、鉄舟と号し生涯を通して剣禅一如の修業に励んだ人である。

明治十三年、「一刀正伝（しょうでん）無刀流」を標榜（ひょうぼう）し開祖となった。

中西派一刀流、小野派一刀流等に学び、伊藤一刀斎の流儀を嫡流する資格を得たため「正伝」と称したという。

鉄舟は、「三角矩（さんかくく）を堅く守り修業あるべし然るときは實に體用不二（たいようふに）の奥義を得るに至る必然なり勉旃勉旃（べんせんべんせん）」と述べ、三角矩の基本を守ることを第一とし、「勉旃勉旃」、つまり「努めよ励めよ」と奮励したのである。


體用不二とは難しい言葉である。体とその作用、動きは別々のものではない、怠りなく修業を積んだ時、はじめて身体と動き（作用）が一体となるということであろうか。

修練を重ねるなかで「三角矩は眼腹剣頭（がんぷくけんとう）の三つを一つとなし敵に立向ふなり」という三角矩の形を剣術の基本に据えるに至ったという。

眼と腹（丹田）と剣先の三点を結ぶ三角形を崩すことなく構え、眼光鋭く相手の動きを捉え、剣先は生きたものの如く相手の剣先を捌（さば）く。

剣は自分を護るための、また人を傷つけ殺すための道具であり、勝ち負けにこだわる。しかし、鉄舟は勝ち負けのための剣術ではなく、自分の精神を鍛え、胆（たん）を養うために一気に貫く徹底した厳しい稽古を続けたのである。

山岡鉄舟が勝海舟と西郷隆盛との会談の根回しのため、敵陣の中に乗り込み、江戸城無血開城に導いた話は前に述べたとおりであるが、その豪胆な行動がとれたのも、限界を超えるほどの稽古によって培（つちか）った胆力、心の強さである。剣術の腕を磨きあげたその自信が胆力を養うことにつながったのである。これこそが、無刀流の神髄なのである。

鉄舟は真剣勝負をしたことがない。いわんや他人を殺したことがない。これは、ひとかどの武士として実戦においては役にも立たないと馬鹿にされかねないことでもあった。

幕末期の荒れた時代には、腕試しの辻斬りが横行した。明治新政府の高官の中にもこうした辻斬りを経験した人がいたようである。

辻斬りと言っても、一般庶民を相手にしたり、物取りを目的としたものではなく、腕試し、つまりは、馬鹿げたことではあるが路上で武士が武士に勝負を挑み、斬るか斬られるかの命を賭けたのである。

ここに、一つの逸話がある。

山岡鉄太郎が二十三歳の頃「日本国論」という手記を書いたことがあった。

水戸学を信奉していた山岡は、「徳川将軍も天皇に臣従すべし」という主張をした。だからといって徳川幕府を否定する意図はなかったのであるが、幕臣でありながらこのような主張をするとは許せないと憤激する声もあって、「山岡を殺せ」ということになった。

幕臣旗本の松岡万は、辻斬りによる真剣勝負を何度も経験し勝ち抜いて来た。腕に覚えもあるこの松岡が自ら暗殺を買って出た。小石川伝通院の近くに住む松岡の家から山岡の家はそれほど離れていなかった。「山岡を殺す」という腹を持って山岡邸に出かけて行った。

まだ四谷仲町の屋敷に移る前の頃である。その時、山岡の家には、二、三人の客人がいた。松岡が突然訪れて来て、試合を申し入れたことに何か含むものを感じたが、応じることにした。防具など要らないと言う松岡にこちらの作法に従っていただきたいと言うと、「竹刀では本当の腕がわからん。せめて木刀でやろう」などと言いながら仕度をした。

結局、二人は竹刀を持って向き合った。

いざ、鉄舟が基本通りの三角矩の形に竹刀を構えると一部の隙もなく攻め込む余地はまったくない。松岡は焦る気持ちを押さえるのに精いっぱいであった。山岡は間合いを詰めると竹刀の先を上方に向け松岡の面を打って出る構えを見せた。松岡も練達の士である。小手に隙を見て打って出た。と、その瞬間に竹刀は下から擦りあげられ頭上にビシッと竹刀が振り下ろされた。

松岡は面を付けていなかったかと錯覚するほどに頭の芯まで痛みが貫いた。鍛え上げた鉄舟の打突の破壊力は尋常ではなかった。まるで山岡の相手にはならなかったが、松岡は痛みに耐えながらこのままでは面子が立たないと思った。

辻斬りなどで腕だめしをした経験もあり、真剣の勝負ならと自信を持っていた松岡は、「竹刀では本当の腕がわからない。どうだ真剣でやろうじゃないか」としつこく挑発した。

山岡は、いくら断ったところで松岡が聞き分けるふうもないので、仕方なく応じることにした。

居合わせた客達に緊張の色が見えた。

「山岡さん、お止め下さい」と一人が言った。

しかし、鉄舟はそんなことは意に介するふうもなかった。

「道場と言えるほどのものではないが、血で汚すわけにはいかない。外に出よう」と松岡を促した。

松岡の顔は興奮し青ざめていた。「よし、出よう」と刀を手に松岡は先に出た。

「ここで良かろう」と山岡は老松の下のさほど広くもない庭さきで足を止めた。

二人は刀を抜いて向かい合った。風がそよぎ、前栽（せんざい）の木々の梢がわずかに揺れていた。

山岡の顔色が変わるかと思ったが、まったく落ち着き払っていて毫（ごう）も動じる気色がない。

当然のことである。真剣が怖いという軟（やわ）な稽古はしていない。

防具を付け、竹刀で撃ち合う稽古は北辰一刀流の千葉道場「玄武館」においてすでに実施していた。山岡もその門に入り激しい稽古を積んで来たのである。

木刀で寸止めせずに撃ち合えば、毎日のように負傷者が出てしまう。死者さえ出るだろう。

竹刀で防具をつけての稽古であれば遠慮なく撃ち合える。

竹刀であるが真剣勝負さながらに撃ち合える。さらに真剣での抜刀術や型の稽古などもしっかり積んできており真剣の手応えはこれで掴めるのである。

山岡は人を殺せないのではなく、殺さないのであり、人を傷つける稽古はしてはならないという信念を持っていた。

先述の通り山岡道場では半端な稽古はしていないのである。

かえって松岡のほうが焦り、身体が強張るのがわかった。背中から冷たいものが流れ落ちた。

「よい風だ。この風も生きていればこそ……、であるな」と、山岡はそよぐ梢の葉を見やった。

「な、なにっ、ふ、ふざけるな」と、松岡は上ずった声を張り上げた。

「お前は死ぬのだ」と聞こえたのであろう。かっとした松岡は殺意むき出しで思わず上段に構えた。

一刀両断に決しようというわけである。しかし、自分の間違いにすぐに気付いた。

鉄舟は先程と寸分違(たが)わず三角矩をつくり正眼(せいがん)に構えている。剣先は鋭く松岡の眼に向かっている。

一分の隙もないのは先ほどの竹刀での立ち合いと同じであった。

松岡が、無理に前に出て打ち下ろして行けば刀を払われ、頭上に山岡の剣が振り下ろされる。

山岡鉄太郎　幕臣。元は小野鉄太郎、山岡家に養子に入り山岡鉄太郎となる。高橋泥舟は義兄にあたる。鉄舟と号した。海舟、泥舟とともに幕末の三舟と称された（国立国会図書館所蔵）

頭の芯はまだ疼いていた。相手が相手なので上段からではなすすべもない。身動きできず、口の中が乾いて声も出せそうになかった。顔は恐怖と焦りで醜いほどに歪んでいた。立っているのさえやっとであった。

松岡は背中に脂汗をかき、やっとの思いで、「参った。参りました」と声をふり絞り、地面に膝まずいた。二人の勝負を見届けようとした山岡の客達もほっとした。

刀を用いず相手を圧する。これが「一刀正伝無刀流」が目ざす境地であった。後、松岡は門弟第一号となり、この後ずっと鉄舟に献身的に仕えることになる。

臼井六郎も、このような比類なき山岡鉄舟の道場に身を置き、厳しい稽古にも耐えたのであるから、必然、剣術の技量も上がっていった。相手と対した時の「攻め」の呼吸、「躱す」、「受ける」、相手との間合いの取り方も身について来た。体が締まり、肩や腕、そして脚や尻まで筋肉が付き、動きが敏捷になり、打突にも力が加わってきたのを実感していた。

そのような修業のなかにおいて、山岡先生の「人を殺してはならない。傷つけてはならない」という教えと六郎はいつも対峙し葛藤せざるを得なかった。

しかし、あの夜の出来事、父母の無惨な姿を思い出すと、その尊い教えさえも雲散霧消し、怨念に支配されて自分がどうにもならなくなる。その度に先生の教えに背くことへの後ろめたさに苛まれるのであった。

六郎、山岡道場を去る

明治十一年（一八七八）の春、六郎は二十一歳になっていた。

一瀬直久は静岡裁判所の判事として所長に次ぐ位置にあり、甲府支庁長として赴任した。

六郎はこの情報を元秋月藩士の知人から知ることとなった。寝た間も忘れたことのない一瀬が手に届くところに近づいて来たのである。気持ちが高揚した。

甲府は、東京から歩いて三日ほどの距離である。六郎は、すぐにでも甲府に行きたい気持ちを抑えることができなかった。しかし、山岡鉄舟の内弟子の身分であり、このまま黙って甲府に飛んで行っては、あまりにも恩知らずになる。大恩ある山岡先生にご迷惑をかけることになってはいけないと、よくよく考えた末、六郎は仮病を使うことにした。

「稽古の時に不覚にも胸骨を痛めてしまいまして、一向によくなる気配がございません。しばらくの間、湯治でもして治療に専念したいと存じます」と申し出た。

鉄舟は、六郎の顔をじっと見据えていた。

「いつまで療養するのか」とは聞かなかった。六郎の握る掌の内は汗が滲んでいた。

鉄舟の妻英子(ふさこ)は、「六郎さん、我が家だと思っていつでもお戻りなさい」と優しく言ってくれた。

山岡先生夫妻の言葉は身に沁みて嬉しくまた辛かった。

鉄舟が六郎の嘘を見抜けないわけがない。仔細があることはとうに気付いていたであろう。

四月の初旬、六郎は東京を出ることにした。甲府までは三十二、三里ある。急いでも三日はかかる。途中二泊は安そうな木賃宿に泊まった。気ばかりが急(せ)いて甲州街道をひたすら走った。

甲府に着くと、また安宿をさがして、ある一軒の宿に入った。しばらく逗留しても心配なさそうな宿賃なのでここに部屋を借りることにした。

一瀬が住んでいる場所はわからなかったので、裁判所の付近を探っていた。ところが、何日経っても一瀬らしき人影は見当たらなかった。朝早くから裁判所の外で人目を避けるようにして見張っていた。

ある日偶々、「所長さんは東京に行ったそうだ」と誰かが話している声が耳に入った。

六郎は、急げば追いつけるかも知れないと甲州街道を東京へとひた走りに走ったが、一瀬らしき人物を見かけることはなかった。また東京に戻り、一瀬の行方を捜すことにした。

昔から仇討ちのため旅に出て敵に遭えるのは稀(まれ)なことで、あちこち尋ねまわるうちに路銀を使い果たして行き倒れになってしまうという話を聞くことがあったが、今の自分がそれであると思った。

臼井六郎　父臼井亘理、母清子が干城隊に暗殺され、その仕打ちの残忍さに仇討ちを胸に深く刻む。山岡道場で剣術修業、また熊谷裁判所の雇吏となってその機会をねらっていた（朝倉市秋月博物館所蔵）

希望があるわけではなかったが、もう一度甲府に行ってみようと、一度通った甲州街道を、一瀬の顔を頭に浮かべながら急いだ。

すでに五月になっていた。

一瀬が秋月を去ってから六年が経っている。容貌が変わっているかも知れないと不安もあったが、「いやいや見忘れるはずはない。あの目あの声を」と六郎は思った。

とうとう甲府では遭遇出来ず東京に戻ったが、叔父の家に行くわけにもいかず、山岡道場にも今更顔を出せる義理ではなかった。懐具合も乏しくなり、東京でしばらく日雇い稼ぎをしながら細々と口に糊（のり）して食いつないできた。なんと我が身の情けないことかと嘆息するしかなかった。

そんな生活をしながらも、偶（たま）には秋月の旧藩士と会うこともあり、一緒に上京した木付篤が熊谷裁判所で判事になっているという情報を得ることができたのである。

木付篤は、九年十月初めに臼井六郎とともに上京し、一年後の十年十一月には、はやくも埼玉県の熊谷裁判所に十七等出仕で勤務していた。そして、十三年四月の「改正官員録」に熊谷裁判所の判事補に昇進したのが確認できた。実際判事になるまでにはこの後十二年の歳月を要している。

二十二年に新潟始審裁判所高田支庁の判事として昇進したのである。

森鷗外と山田温泉で邂逅(かいこう)する一年前のことであった。
六郎は、秋月の人達から、「一瀬さんが秋月出身者では出世頭だ。いまでは甲府裁判所の所長らしいぞ」という噂を聞いて現在の一瀬の身分も知り得たのである。

静岡裁判所
支廳 甲府 濱松
區廳 静岡 甲府 沼津 下田 谷村 掛川

判事
所長 従五位 中島 錫胤 高知縣士族
所長代理甲府支廳詰 従七位 一瀬 直久 福岡縣士族
所長代理濱松支廳詰 正八位 千谷 敏徳 高知縣士族
正八位 吉岡 弘 島根縣平民

判事補
谷村區裁判所長 田原 正齊 兵庫縣士族
静岡區裁判所長 三浦 峯高 静岡縣平民

明治13年1月「改正官員録」「静岡裁判所所長代理　甲府支庁長　従七位　一瀬直久　福岡県士族」とある。当時はまだ裁判所の数が少なく他県にまたがって管轄、支庁が置かれていた（国立国会図書館所蔵）

第五章　臼井六郎、熊谷町へ

六郎、熊谷裁判所の雇吏（やとい）に

気づいてみればもう十一月になっていた。明治十一年もあと一月を残すばかりであった。六郎は路銀も乏しくなり、木付に何か仕事を紹介してもらおうと、熊谷町に行くことにした。歩くのは慣れている。甲府までは三日の旅であったが、熊谷までは約十六里の道中である。それほどの距離ではない。

中山道を熊谷まで一気に歩き通してしまおうと思ったが、埃（ほこり）にまみれた顔で熊谷裁判所に木付を訪ねるわけにもいかず、鴻巣宿あたりに泊まることにした。

ここから熊谷までは四里余りの道のり、熊谷はもう目と鼻の先である。

熊谷裁判所は、明治六年（一八七三）六月十五日に入間県と群馬県（新田郡・邑楽郡・山田郡の

熊谷區裁判所　明治6年に熊谷縣が置かれ、熊谷寺境内に県庁舎が建てられた。同年、その北側に熊谷裁判所も設置された。14年に現在地に移転。翌15年1月に裁判所は「始審裁判所」及び「治安裁判所」となったが、この写真には「熊谷區裁判所」とあるから、23年以降のものであろう。並木があり、現在は銀杏並木に変わっているが、佇まいは似ている（熊谷市教育委員会提供）

東毛地区の三郡、つまり現在の太田市・館林市・桐生市などの一帯を除く）が合併されて熊谷県が成立したが、これと同時に、熊谷寺（ゆうこくじ）の北側（現熊谷税務署所在地）に設置された。まだ各県に裁判所が置かれている時代ではなかった。

九年八月に熊谷県が廃された後も、熊谷裁判所は埼玉県（旧入間県と旧埼玉県が統合され、現埼玉県に同じ）、群馬県（東毛三郡が加わり、現群馬県に同じ）に支庁を置いて二県にまたがって管轄していた。実に広域の管轄であった。

明治二年、三百諸侯と言われた諸藩の藩主が知藩事に任命され東京に呼び寄せられた。この年、版籍奉還が行われた。すなわち土地（版）と人民（籍）が朝廷に返還され、その二年後にはさらに廃藩置県が断行されたのである。そして、知藩事（藩知事）に代わって県令、大参事といった現在の県知事に相当する官職が設けられ、政府の人事によって各府県に派遣された。中央集権体制を築くことが急務であり、旧藩主の影響を除くための布陣であった。

その最初は、三府（東京、京都、大坂）と三〇二県が置かれたが、段階的に統合が計画されていて、すぐに三府七二県に統合され、現在の都道府県のように分割され各府県の区域が落ち着いたのは二十一年（一八八八）のことであった。県の統合はなんといっても大事業であり、旧藩の抵抗を緩和しながら慎重かつ計画的にことを運んでいかなければならなかった。

司法においても、明治初期には各府県の官吏（県職員）が県庁内で訴訟事務や裁判を行っていた。諸藩の時代は藩ごとに警察、検察、裁判の機能を持った奉行所があったわけであるから、発想と

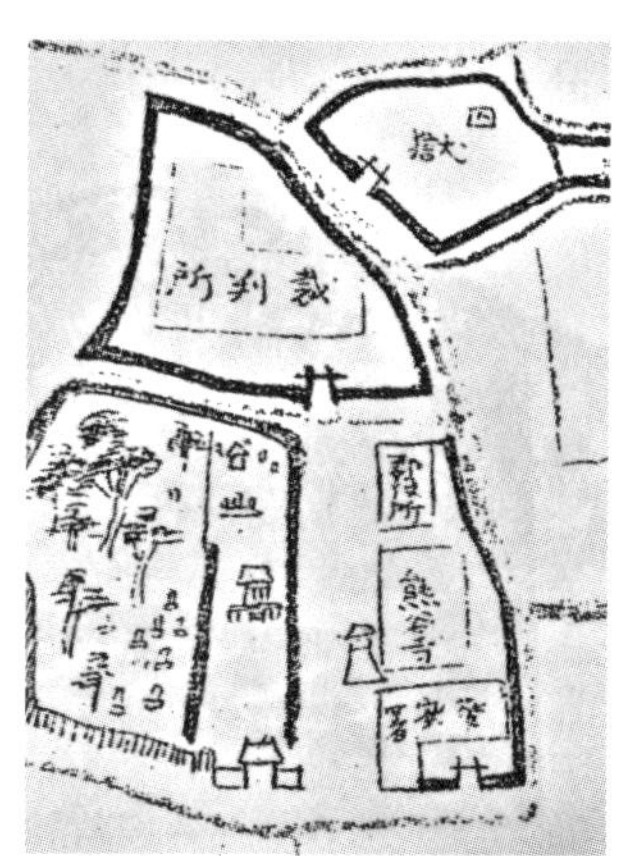

熊谷寺と熊谷裁判所の手書き図
熊谷寺内に「郡役所」がある。県庁が浦和に移った後、熊谷県時代の県庁舎を大里郡の郡役所として使用した。北に「裁判所」があるのがわかる（出典：『熊谷縣とゆかりの人びと』熊谷市立図書館発行）

しては県庁の中に裁判所があり、裁判所の中に検察があることは何ら不思議ではなかった。

やがて、適切な裁判がおこなえるよう、司法省から西欧の司法制度の在り方や法律を専門的に学んだ判事等が地方に派遣されるようになった。そのために漸次（ぜんじ）、裁判所（地方裁判所）が各府県に設置されていくようになる。

臼井六郎が熊谷に来たのは十一年の十一月頃であった。

熊谷は江戸末頃には「町十五丁家千軒ヨ」と言われ、千軒の町と称されたほどの賑わいであった。六郎は、本町や仲町の通りの広さや、軒を並べる商家の多さには些か驚いた。田舎町と思っていたが、さすがに数年前まで熊谷県の県庁が置かれていただけのことはあると思った。

熊谷県の威勢を象徴するように、本町通りや、熊谷寺（ゆうこくじ）のある仲町通りには各種の大店（おおだな）や旅館、料亭、小料理屋、小売りの店が軒を並べていた。

熊谷寺の入口、仲町通りの角には「伊藤時計店」が蔵造りの立派な店を出していた。この時計店は、元は日本橋本石町で開業していたということで、服部時計店よりも古くからあったと言われる。

また、本町通りに面して、恩田恒吉郎が履物卸（はきものおろ）しと小売業の店を構えていた。恩田は、江戸の三大道場（千葉周作、桃井春蔵、斎藤弥九郎の三道場）の一つ、斎藤弥九郎道場「練兵館」の剣客として知られていた。

裁判所からすぐ近くの履物店であったから臼井六郎が一度や二度店を訪れたのではないだろうか。

六郎は熊谷寺の場所を聞こうとしたが、聞かずともすぐにわかった。鬚を蓄え立派な形をした人や役人らしき人などを乗せた人力車が一定の方向を目指して走っていた。その向かう先が郡役所の在る熊谷寺であることは一目でわかった。つい一昨年までは熊谷県の県庁が在ったのである。

人の流れに沿って歩いて行くと、こんもりとした森を背にした熊谷寺の大きな甍が見えてきた。

源平の合戦で勇名を馳せた熊谷次郎直実が建てた庵が基となり、大きな浄土宗のお寺へと発展してきた。直実は「平家物語」一の谷の合戦、敦盛の最期で知られる源氏の武将である。

平敦盛を組み敷いて首を取ろうしたところ、見ると息子の直家と同じ年くらいの美しい顔をした公達であった。憐れの情が湧いて思わず刀を止め、助けようとしたが味方の源氏の軍勢が近づいて来たので「止むなし」と涙をのんで殺してしまった。

腰には篠笛が挿してあり、夕べ聞こえて来た風雅な笛の音はこの公達が吹いていたのかと、さすがの無骨な武将の目からも涙がこぼれ落ちた。武士の非情さに嫌気がさし、世の無常を感じて法然上人に帰依し出家得度したという。

ところが、実際はそうではなく、叔父の久下直光と土地争いの訴訟を起こしたあげく敗訴し、頼朝の裁定に不服を持った直実は短気を起こして髷を落としそのまま出家してしまったという話も伝わっているのである。ともに直実の出家のきっかけとしてよく言われるところであるが、いずれにしても無骨な直実にとって法然上人の教えは単純にして明快、難しい事を易しく説いたものであり、入って行きやすかったのであろう。帰依する心こそ大事であり、「南無阿弥陀仏」を一心に唱えれば万人誰でも極楽往生できるというものであった。直実は、法然上人のもとで出家し蓮生という法名をいただいた。郷里熊谷に戻り、庵を結んで念仏三昧の余生を送った。

この庵が今日の蓮生山熊谷寺へと発展していくのである。

この話は、日々目にする熊谷寺のことであるから六郎も何回か聞かされることになる。

六郎は本町通りから北に折れて小路に入った。熊谷寺の本堂を仰ぎ見ながら、本堂の裏手の杉や欅の大木が鬱蒼と繁った森の脇を歩いて行くと、やがて裁判所前の路地に突き当たり、熊谷裁判所の建物が現れた。

この頃は全国に僅か二十三の裁判所が設置されているばかりであった。そして、各裁判所に支庁が配されていた。その上部の機関として東京、長崎、大坂（大阪）、宮城の四か所に現在の高等裁判所にあたる上等裁判所、更に最高裁判所にあたる大審院が置かれていた。

裁判所の中で何があったかはわからないが、中年の夫婦らしき二人が、顔に憂いの色を浮かべながら玄関口から出て来た。

六郎はすれ違い、つい気になって夫婦の後姿を振り返って見た。

裁判所を訪れる人達はきっと何か重い荷物を心に抱えている。

父臼井亘理と、父の師中島衡平に対する不当なお裁きについては今思い出しても腸が煮えくり返った。臼井、中島両家の親族や支持者たちが藩の重役たちに必死に抗議したがつれなくも一蹴され、父母が惨殺された上に、家禄を五十石も減らされたのである。

六郎は、公正なお裁き、判決が出たならばこんなにも深く恨みを残したであろうかと思った。

六郎が裁判所の玄関に入ると事務官たちが静かに執務をしていたが、あご鬚(ひげ)を蓄えた中年の事務官が顔を向け、「何かご用かな」と六郎を睨むようにじろりと見た。

「木付判事はおられますか。私は筑前秋月の臼井六郎と申します」と心ならずも緊張して言った。

「木付判事? ああ、木付さん、判事ではありませんが……、木付事務官は所長と打ち合わせ中です。少しお待ちください」と、長椅子を指さした。

「判事ではないのか、では何だろうか」と思った。

秋月を出てから一緒に二カ月の旅をしたのである。炎天下を二人とも首筋にも背中にも大汗を流しながら歩き続けたことを思い出した。

「木付さん、お客さんがお待ちですよ」と先ほどの事務官が所長室から出てきた木付に呼びかけた。

馴染みのある木付の顔ではあったが、洋服を着てチョビ髭をはやした姿からは官員らしい風格が出ていた。

「篤(あつし)さん、あっ失礼、木付さんお久しぶりです」と六郎は姿勢を正して立ちあがった。

「六郎君か、どうした。熊谷に何か用事があってきたのか?」とびっくりした様子であった。

六郎の形(なり)を見て、「しばらくだったね。元気そうで何よりだ。僕を訪ねて来たのか?」と六郎の真意を測りかね、探るように言った。木付は懐中時計を見た。

「そうだ。もうすぐお昼だから一緒に食べよう」と言い、事務室の皆にも聞こえるように「ちょっと出てきますね」と言った。

木付は六郎を促すように裁判所を出た。

裁判所から近いところがよいかと思い、仲町の料理屋に入った。

木付は早速ご飯ものを注文した。出来上がるのを待つ間にお互い無沙汰の挨拶をかわした。

木付は「四郎兵衛さんは、お元気ですか」と六郎の叔父のことを尋ねた。文部省に勤務する叔父のお世話になるということで秋月から上京したのであるから、そこから話は始まったのである。

「お元気に文部省に通勤しています。今は、四郎兵衛ではなく月下（げっか）と名を替えています」

「ああ、そうだった。忘れたわけではないが、つい四郎兵衛さんと呼んでしまうね」と懐かしむように言った。

六郎は、叔父の世話にいつまでもなっているのは心苦しく、山岡鉄舟先生のもとで内弟子として修業してきたということを話した。木付は山岡鉄舟の名前が出たので少々驚いた。

ただ、六郎が何のために山岡道場に入門したのかは引っ掛かりがあった。

「剣術の修業をしていたのか。どうりで見違えるように逞しくなったわけだ。正直驚いたよ」と言ったので、六郎は木付に一瀬に対する復仇の念を勘繰られまいと思い弁明した。

「いや、山岡先生の道場は生半可ではつとまらないと、叔父からも聞いておりましたので、入門をためらったのですが、住み込みであれば食うものに事欠きませんし、勉学の道も開けていますので、覚悟を決め入門したのです」

　六郎はお茶を一口飲むと目を輝かせて言った。

「木付さん、山岡先生は凄いお方です。あれほどのお忙しい身でありながら、ご自身にも大変厳しい方で、一度も稽古を休んだことがありません。先生は剣だけでなく、禅や書の修業にも励まれています。それも毎日ですよ。夜になると来客もよくありまして、お酒の相手などしますので深夜に及ぶこともあります。それでも泰然としてご勤務されておられます。とても真似が出来るものではありません。ですが、先生から万分の一でも学び取って、僕も弱い心を鍛えたいと思ったのです」と一気にまくし立てた。

　木付に真意を悟られまいとやはり緊張があったのであろう。

「山岡先生の指導が受けられたというのは幸せなことだよ、六郎君」と木付は納得顔で言い、表情にも安堵の色が見えた。

　すると、ちょうどその時、注文した魚の焼きものとご飯、味噌汁の膳が運ばれて来た。

　まだこれだけでは熊谷に来た肝心の訳を話していないが、六郎は一日ろくなものを食べていなかったので、思わず箸に手を延ばした。

明治12年3月「改正官員録」 関新平が所長、木付篤は16等出仕の事務官（国立国会図書館所蔵）

「腹がすきました。これは旨そうだ」と六郎は木付の顔を見た。

木付も笑みを浮かべながら六郎を見た。

「六郎君、積もる話は後にして、先ずは食べよう」と言った。

六郎の食いっぷりは見ていて気持ちが良いほどであった。

「何故、熊谷に来たかという肝心な話をまだしていませんが、……」と六郎は先程の続きを話し始めた。一膳では足りずお替わりも平らげた。

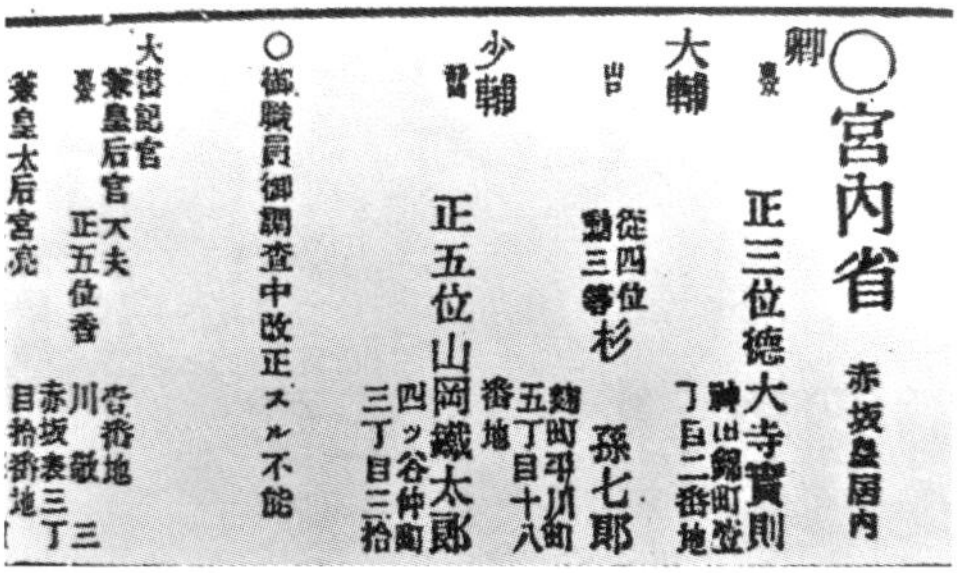
○宮内省　赤坂皇居内
卿　京都　正三位徳大寺實則　神田錦町弐丁目二番地
大輔　山口　従四位勲三等杉孫七郎　麹町平川町五丁目十八番地
少輔　静岡　正五位山岡鐵太郎　四ッ谷仲町三丁目三拾
○御職員御調査中改正スル不能
大書記官
兼皇后宮大夫　京都　正五位香川敬三　赤坂表三丁目拾番地
兼皇太后宮亮

明治15年3月「改正官員録」「少輔静岡　正五位山岡鐵太郎　四谷仲町三丁目三拾」とある。この時を最後に宮内省を退官する（国立国会図書館所蔵）

箸を置いて、お茶をひと啜りした。

「山岡道場は、激しい稽古で知られていまして、それこそ全身痣（あざ）だらけになるのは当たり前ですが、不覚にも肋骨（ろっこつ）を一本折ってしまいまして、稽古にならなくなりました」

「そう、それは大変だったね」と木付は同情した。木付も剣術は稽古してきているが、それは人並みにであった。

「それで、しばらく保養したいと思って、山岡先生にしばらく休ませていただくことになりました」

「しばらくということは、山岡先生のところを辞めるわけではないのだね」と木付は念を押した。

「ええ、また東京に戻るつもりです。しかし、お金を使い果たして先生の元に帰るのは、自分の気がすみません。ある時、三十間堀のお殿様のお屋敷に伺った時に、木付さんが熊谷裁判所の判事をしていることを耳にしたものですから、それで、何か良い仕事の口でもあれば紹介してもらいたいと思って参ったのですが、……なんとかお力になっていただけないでしょうか」と湯呑み茶碗を置いて木付の顔を見た。

「お屋敷に伺ったのか。懐かしいね。私はしばらくお殿様にお目にかかっていないな」と木付はそう言うと姿勢を正した。元藩士たちは旧藩主に対しては大抵そんな反応を見せる。

「ほかにも誰かの近況を聞いたかね」と六郎の顔をさぐった。

「いえ、別にこれといったことは聞きませんでした」

木付は少し考える風を見せた。

「そうか、わかった。さがしてみよう。ただし、僕はまだ判事というわけではないんだ。これから、一、二年くらいで判事補になれれば良いほうだ。そんなところだよ。まだまだ駆け出しで、判事までの道は厳しいのさ」と沢庵をポリポリ噛んだ。

「ところで、住まいはどうするのかね」と茶碗を置き、訊いた。

「しばらくは安い旅館の一室か下宿屋でも借りたいと思います」

いつまでも何もしないでいるわけにはいかないので、木付は関新平所長にお願いして六郎を裁判所の雇吏(やとい)として使ってもらうことにした。その際に鉄舟門人であったこともつけ加えようと思った。

関所長は司法省にいた頃、山岡鉄舟に宮中でお会いしたことがあったという。実は鉄舟との縁はこの他にもあった。

関所長は、明治五年一月、茨城県権参事（副知事）として着任し、翌六年参事（知事）となり、八年五月まで務めていた。

明治政府は、旧徳川時代の藩主の影響を漸減（ぜんげん）し、中央に権力を集中しようとしていた。そのため、各県の県令、大参事、参事などの要職については官選し派遣したのであった。

茨城県の歴代知事の名を見ると、初代に山岡高歩（たかゆき）（鉄太郎）の名前があった。関新平は五代目となる。

山岡鉄太郎は、徳川発祥の地であり複雑な事情を抱えた駿府（静岡）の権大参事を務めたこともあった。その仕事ぶりは地元民からも信頼され慕われた。

明治8年10月「掌中官員録」「茨城県　参事　サガ 従六位　関　新平」とある。参事とあるが、県知事に相当する（国立国会図書館所蔵）

侠客（きょうかく）清水次郎長も山岡を敬慕し、富士の裾野の開拓事業等にもよく尽くしてくれた。次郎長は山岡に心服し、その後も四谷仲町の山岡邸に出入りしていたという。

臼井六郎は内弟子であったから、浅黒く彫（ほ）りの深い、眼光鋭い次郎長に一度や二度は顔を合わせたことがあったであろう。

水戸藩は徳川ご三家であるが、勤王思想に篤く、過激浪士が桜田門外で大老井伊直助を暗殺したり、水戸天狗党が筑波山で乱を起こしたりと、何かと不穏で、廃藩置県という大改革においては先ずは難治県の筆頭格であった。茨城県の県令に誰を任命するかは重大な問題であった。そして、白羽の矢が立ったのが山岡鉄太郎高歩であった。まさに困った時の山岡だのみである。この頃は、廃藩置県により失職し、収入の道を絶たれて困窮していた士族が全国各地に溢れていたが、茨城県も例外ではなかった。

関は参事に補されると、官林を払い下げ、農地を広げるなど士族たちに救済の手を差し伸べた。生活の糧を得た士族たちは刀を鍬に持ち替え農耕生活に入るなど帰農した者も多くみられた。また、農業だけでなく、太政官から明治五年（一八七二）八月に学制が発せられて全国に小学校が設置されると小学校の教員になったり、警視庁はじめ全国に設置された警察署の警官等に職を得ることができて救われた元武士たちも少なくなかった。茨城も事情は同様であった。

五年七月二十六日の早朝、水戸城が焼失するという大事件が起こった。その時旧水戸藩の士族たちが犯行を疑われて逮捕されたのであるが、参事の関新平は司法省出身であり、目撃情報、被疑者の供述、証拠調べ等の結果を踏まえ、不当な逮捕であることを確信し、持前の正義心から彼らの無実である根拠を誠実に認め、「嘆願書」を右大臣岩倉具視に上申した。

関の尽力もあり、七年五月に無罪となり釈放された。彼らが関参事にいかに感謝したか想像に難くない。ちなみに関新平が茨城県の参事であった時の「改正官員録」の頁続きには、熊谷県の職員録が記載されている。権令は楫取素彦であった。熊谷県第二代県令となった人である。楫取は、熊谷県が廃された後、そのまま群馬県令となっている。

明治20年1月「改正官員録」「愛媛県　知事　奏任一等上級俸　佐賀　正五位勲五等　関新平」とある。県知事と名称が改称され、初代の愛媛県知事になった（国立国会図書館所蔵）

関新平は茨城県の参事を務めた後、司法省判事に戻り、八年浦和裁判所長となった。

そして、翌九年に浦和裁判所が熊谷裁判所浦和支庁となったのに伴い熊谷裁判所の所長となった。

後日談になるが、関新平は、十二年六月、熊谷裁判所所長から大審院に移り判事として一時席を置いたが、翌十三年三月二十三日、愛媛県令の辞令を受け四国の地に赴任して行ったのである。

「県令」は十九年に「知事」と改称され、関新平は最初の愛媛県知事となった。しかし、県知事在職中の二十年三月七日、病に倒れ、四十三歳という若さで惜しまれつつ亡くなった。

その十年後の明治三十年、水戸の偕楽園の地に茨城県参事の頃の関新平の遺徳を偲んで、「故茨城県参事関君遺徳碑」が建てられた。関の人徳を示すものであると言えよう。

このことからも知れるように関新平は気骨（きこつ）もあり情にも厚い人であった。

関所長は、「すぐに臼井君を呼び給え」と木付に言った。

こうして六郎は、所長の声がかりで埼玉県大里郡熊谷町にある熊谷裁判所の雇吏となった。月給八円、なかなかこれだけの給料は普通の日雇いで稼げるものではなかった。

安い旅館か、下宿屋を探して住もうと思ったが、木付が口を利いてやるということで、木付が借りている借家の一室に住めるようにしてくれた。

六郎は雇吏の身分であったが、仕事の要領がわかるにつれ、書類裁きの手際よさ、深い悩みを抱えて訴えて来る人達への誠意ある対応ぶりなど誰の目にも好感を持たれた。

山岡道場で鍛えられたのは剣術だけではなかった。人との接し方、挨拶、礼儀、物事をおざなりにしない誠意など様々身につけていた。

こうした勤務ぶりが関所長の目に止まったのであろう。

「木付君、臼井君は雇吏(やとい)にしておくには惜しい人材だと思うが、君はどう思うかね」

「私もそう見ておりますが、本人の意志がわかりませんので一度確認をしてみたいと思います。その節にはご支援をよろしくお願い申し上げます」と丁重にお辞儀をした。

「今、どの官庁も人材登用が課題になっています。これまでのように薩長土肥を中心とした各藩士からの一本釣りや、伝手(つて)による採用はやがて通用しなくなるでしょう」

「すると、六郎君はどのように法曹の道に進んで行くことが出来るのでしょうか」

「いや、すぐにということではありません。やがては、ということでお話しているのです。今もすでに始まっておりますが、判事という専門的な知識を必要とする官職の登用については、帝大法科の出身者や司法省の厳しい研修を経た者を登用するようになります。また、いずれは西洋に倣(なら)って登用試験の制度が取り入れられることにもなります。いずれにしても臼井君なら及第する資質はあるように思いますが、君からもよく指導してくれたまえ」

木付は関所長の言葉を有り難く噛みしめた。そして、六郎の気持ち次第で可能だろうと思った。

実際この後、関所長が言われたように、明治十七年から裁判官試験が始まった。

さらに法整備が進むなかで、二十四年には「判事検事登用試験」が制度化され、また二十六年にはこれまでの「代言人試験」に代わって「弁護士試験」も始まるのである。

やがて、高等試験制度が改変され、判事・検事・弁護士の資格試験は、大正十二年（一九二三）に高等試験司法科の試験に統一されることになる。これは現在の司法試験の前身と言えよう。

「本当に有り難うございます。私も臼井君に気持ちを確かめておきます」

「そうだ、秋月藩ならば一瀬直久君がいるではないか。私もいささか存じているし、彼にも推挙をお願いしておこう。今確か静岡裁判所だったかな、そうか、甲府支庁の支庁長だったたな」

木付は一瀬と聞いて身を固くした。

関所長は、「そういえば、一瀬君がいつだったか君の話をしていたな。一瀬君と親しいそうではないか」と言って、一瀬と臼井の関係が気にかかる表情であった。

木付は、さすがに臼井亘理暗殺事件のことに触れるのは憚られたのであるが、佐賀藩出身の関所長であるから秋月の「臼井」という名前は聞いていたかも知れないと、ふと思った。

木付が六郎のことをなんとか世の中に出してやりたいと思う気持ちを、関所長は察していたようである。仇討ちをさせてはならない、本人が望むのであれば力を貸してやろうと、木付は改めて思った。

六郎、酒色に溺れる……

六郎は口にこそ出さないが、一瀬のことを不倶戴天の敵と胸に刻んでいた。

木付は、まさか六郎が仇討ちまで考えているとは思えないが、おそらく今でも胸をえぐられるような思いでいるに違いないと推測していた。

所長の言葉は有り難いが、六郎が裁判所の判事を目指すかどうかは一瀬への思いによる。

六郎は一瀬の件を除けば、頭の回転の良さ、判断力や文章力、弁論などにおいても現職の判事や判事補と比べても遜色がないようにさえ思えた。

六郎は木付から夕食に誘われ、熊谷寺の森の東側の路地を行き、一つ目の路地を左に折れた。前に一度熊谷に来た日に連れて行ってもらったことのある料理屋であった。

木付と六郎が入って行くと女中さんは覚えていて、「いつか木付さんと一緒に来た人ね。いらっしゃい」と愛想よく迎えた。

六郎は、木付が差し出したお銚子を受けて一口飲んだ。

木付は、関所長の六郎に対する評価を話して聞かせた。

「六郎君、どうかね。司法の道に向かって歩いてみては」六郎は思わず僅かながら喜色を浮かべたようである。そして、考え込んだ。

「判事か……」、僅かながらも判事の実際の仕事を身近に眺めることがあった。

近代法治国家に変わろうとしている現今尊い職であると思った。憧れがないとは言えない。

だが、司法の世界にはあの一瀬がいるではないか、この事実をどのように気持ちを整理したらよいのか、六郎の復仇の誓いは骨髄にまで浸み込んでいる。「不倶戴天」という言葉が浮かんだ。

また、木付も「六郎はきっと一瀬の存在に拘っているだろう。憎くないはずはない」と思っていた。そして、六郎の顔を見やり、その深層を探っている自分にハッとした。

一瀬のことは避けては通れない関門である。

まさか、どんなに憎かろうと、「仇討ち禁止令」が出て久しい今なお、一瀬の命をねらっていることはないだろう。六郎が、自分自身の人生も、臼井の家も失うような悲劇を望むだろうか、そんなはずはない、そんなことがあっていいはずはないと、木付は自問した。

「僕でも判事になれるのですか？」

沈黙を破り、六郎が発した言葉に木付は驚いたが、すぐに嬉しく思った。

「もちろんさ。厳しい道かも知れないが君なら大丈夫だ。所長も、六郎君の資質を見込んで仰ってくれたのだよ」

木付には自分が干城隊にいた、臼井亘理暗殺の一味の中にいたという事実、事もあろうに親戚の臼井家の悲劇に関わった事実は消しきれなかった。六郎に対する贖罪（しょくざい）の念がわだかまっていた。幼い頃から尊敬し憧れて来た臼井亘理のことを干城隊の者達が、「奸物（かんぶつ）め、誅罰（ちゅうばつ）せずにおくものか」とか、「豹変（ひょうへん）許し難し」などと罵（ののし）り、いつしか自分も付和雷同していた。

秋月城下の若い者たちはみな勤王の熱に浮かされ、当時はそれが「正義」と聞かされ、影の大きな力に踊らされていたのであった。

木付はそれを思うと今でも恥じ入るばかりであった。

何より臼井家の悲劇の様は目を覆いたくなるようであった。突然、三百石取りの臼井家は大きな暗い影に覆われたのである。

何不自由なく育ち、前途洋々たる将来が約束されていた六郎の失意と怨念は想像に難くなかった。

木付は、微力ながら六郎の将来が開ける手助けをしたいと思う気持ちになっていた。

「六郎君、さあ飲もう。僕もまだまだこれからだから、お互い頑張ろう」と六郎にお銚子を差し向けた。まだ十六等の事務官に昇給したばかりであったが、ようやく判事補の席が見えてきたところであった。

年は明けて明治十二年の一月になった。

なぜか、六郎の酒場通いが始まった。さすがに山岡鉄舟のもとで修業しただけあって、遅刻したり欠勤することもなく、職務に支障をきたすようなことはまったくなかった。

女は酒場の酌婦（しゃくふ）であったが、料理も上手で何事にも手際が良い。酌婦というより女将（おかみ）と一緒に店を切り盛りしているようであった。女将からも頼られ客受けも良かった。

六郎が初めてこの店に入った時、女の面差しが秋月の臼井家にいたなかにあまりにもそっくりだったので、思わず「なか」と呟いてしまった。女もびっくりしたようであった。初めて見る客が「なか」と呼んだのである。

「お客さん、私、なかではありませんよ。なかさんってどなたですか……」と女はいたずらっぽく笑った。

「いや失礼、知り合いに似ていたものだから、つい……、悪かったね」と六郎はバツが悪そうに苦笑した。

女は「ふーん、知り合い？　そんなに似ているんですか……」と悪気のなさそうな六郎の顔を真っすぐに見て笑いかけた。

古賀なか、忘れられる女性ではない。身近な異性として意識するような感情がまったくなかったとは言えないが、恋とかそういうことではなかった。

年齢は六郎より十歳年上で、事件当時二十一歳であった。臼井家の雑事をする下女であった。目に輝きがあって顔だちもきりっとした賢い女性であった。それでいて優しくあたたかった。

父母が斬殺されたあの夜、妹のつゆは泣き叫び、そして放心したのであるが、つゆを抱いて一緒に泣いていた。父母を喪失した心の傷みと憎悪で気が変になりそうな六郎の心をなかの慰めがどれだけ救ってくれたことか、言ってみればずっと姉のように慕ってきたのである。

酒場の女も目がきりっとして芯の強そうな、それでいて優しさも持ち合わせているように見えた。こうした酒場になぜいるのだろうと思われるほどにスレた感じが微塵もなかった。

六郎は秋月のなかといるような寛いだ気持ちになれた。

木付はなか似のその女の名前を知らなかった。干渉するのもためらわれ六郎からその名を聞かなかった。六郎もその名を口にしなかった。

六郎は裁判所の仕事が終わると湯屋に行き、一日の疲れと汗を流した。

熊谷の町には六、七軒の湯屋があった。裁判所の周辺は熊谷の中心地であり、当然近くに湯屋もある。大抵は近くの風呂に入ったが、たまには気分を変えるために足を延ばしてみることもあった。

さっぱりした気分で〝なか〟のいる店に通った。何よりの楽しみになった。

〝なか〟もまた、端正な顔の鋭い目に時折翳(かげ)りを覗かせる六郎に徐々に惹かれていった。

他の客にそんな素振りを見せるほど愚かではないが、六郎には感ずるものがあった。

木付は、このところ毎日のように遅くまで飲んで帰る六郎が心配であった。

酒はともかく女との関係が不安であった。雇吏とはいっても裁判所の職員である。あまり浮名を流すのはよいことではない。しかし、六郎は一向に気にするふうもなく、仕事が終わると〝なか〟のもとに通って飲んだ。

飲み屋の女将は、女が外にちょっと出た隙に、「いろいろあってこんな稼業をしていますが、あの娘(こ)は優しくて性格のいい子なんです。苦労人なんですよ」と、六郎の気持ちを察したようにそう言った。女将には、六郎が女を秋月のなかと重ねて見ているその目に何か感ずるものがあったのである。

何でも子供のいない女将は〝なか〟を娘のように思って、先々は店を任せたいと思っているほどであった。六郎は夜遅くまで飲んでは木付の借家に帰った。

「六郎も女に入れ込んでいるようでは、仇討ちなど杞憂に過ぎまい」と木付はその点においては安堵していた。ただ、この頃では別の心配が出て来た。

所長の推薦も得られそうなのに、一向に勉強に熱が入っていないのである。何冊か法律書を貸しているのであるが、勉強をしている気配もなかった。

六郎はこの頃女の所に泊まるようになっていたが、泊まった時は必ずいつの間にか蒲団からぬけ出て暗いうちに帰って行った。実は帰って行くのではなく、近くの神社や寺の境内に入り、時には荒川の河原にまで足を運んでは、深夜あるいは払暁に、暗がりの中で剣術の稽古をしていたのであった。

熊谷の冬は赤城おろしが吹き荒び寒気が肌を刺すようであった。

身体が凍りつくような寒風が吹き荒ぶ中でも、上半身裸になって俊敏に木刀を振り上げ振り下ろし、突き、引きを繰返した。息遣いや足運びの地面を摺る音が闇の向うから聞こえた。

いつしか素肌から湯気が立ちのぼるようになると、手拭で胸や腕、背中と拭きあげ、着物の袖に手を通して身づくろいをした。

さすがに、女は六郎のそんな様子に何か事情が在るのだろうと気が付いた。どんなに疲れていようとも、蒲団から忍び出ていく六郎を不審に思い、何度かそっと後を付けて行ったことがあった。

ある夜は神社の欅の大木の陰からそっと覗き見ていた。

綿入れを着ていたが寒気が突き刺してくる。思わず身震いをしたほどである。

六郎は一心不乱に素振りをしている。誰かわからない敵を仮想して相手の動きに合わせる如く立ち向かっている。俊敏に動く六郎の姿は鬼気迫るようであった。

雨の日、雪の日、風の日も休むことはなかった。自分に苛酷な試練を課しているように見えた。

そして、木付が寝ている借家にそっと帰って行った。

朝は時間通りに裁判所の門をくぐった。

六郎は、木付から借金をすることが頻繁になっていったが、六郎にはどうしても甘くなっていて、頼まれるままに与えてしまった。

勤務はきちんとしていたが、酒色に耽(ふけ)っていたこともあり、金銭が足りなくなるのである。

しかし、父母を失った後の六郎や妹つゆの形容しがたい暗い悲しげな顔を思い出すと身につまされるのであった。「遊ぶな」ではないが、もっと勉強に身を入れてほしいと思っていた。

六郎が熊谷に来た時の鋭い目つき、表情を押し隠した精悍(せいかん)な表情に変貌していたことに驚かされた。思わず「一瀬」の顔が浮かんだほどであった。仇討ちのため一瀬のことを探りに来たのかと心配さえしたのであった。

女との愛か何かはわからないが、六郎が笑顔を見せることが多くなったのは、確かに女のお蔭であるように思われた。六郎に生きる目標、一筋の光明が見えてきたように感じられた。

木付は、関所長の期待を裏切らず勉強にも励んでもらいたいと心から願ったのである。

六郎、熊谷裁判所を去る

梅雨明けもまぢかとなり、熊谷寺（ゆうこくじ）の裏の森からはツーピ、ツーピ、ツーピッツと四十雀（しじゅうから）の鳴き声がうるさいほどに響いていたが、いつの間にか鳴き声は蝉の合唱に変わっていることに気づいた。六郎は執務の手を休めてどこやら遠くを眺めるような表情をみせた。熊谷裁判所の仕事にも慣れ、他の事務官とも馴染んできていたが、この頃どこか気持ちが落ちつかなくなっていた。

十二年六月に関所長が転任し、増田長雄所長が大審院判事から熊谷裁判所長として赴任してきた。司法省において関所長の後輩にあたる。

六郎は雇吏（やとい）の立場ではあったが、書類整理や事務処理も手際よくこなしていた。時には判事や判事補の事務補佐の仕事などもあってなかなか多忙であったが、決して嫌なそぶりや疲れた表情も見せなかった。

まだ秋月にいた十九歳の頃であったが、三奈木小学校の代用教員をしていたことがあった。こうした履歴も裁判所の臨時職員として働く上で少なからず信用につながっていたようである。また、実際実務能力もあった。

木付は推薦人として、六郎の評判が良いのは嬉しいことであった。

今日も熊谷寺の森から蝉の大合唱が聞こえていた。

いつの間にか梅雨が明け、気が付けば七月も半ばになろうとしていた。

六郎が木付の席の前に立った。

「ちょっとご相談したいことがあるのですが、今夜ご都合はいかがでしょうか」と言った。

木付は、やや改まって六郎が相談したいと自分の前に立っている様子が気になった。

「ここでは言えないことかね」とすぐにでも聞きたい気持ちでそう言った。

「すみません」と六郎は木付の席から離れて自分の席に戻った。木付は嫌な予感がした。

その夜、六郎は女のいるいつもの店とは別の飲み屋に木付と連れだって入った。

木付は一刻も早く聞きたい気持ちで暖簾（のれん）をくぐった。二人は座敷の座卓が一つ空いていたのでそこに席をとった。

暑い日の熱燗は身体に良いと、団扇を頻（しき）りに動かしながら二本注文し、とりあえず鳥の焼き物、

明治13年5月「改正官員録」 木付篤、熊谷裁判所判事補に昇格。所長は増田長雄（国立国会図書館所蔵）

茄子の煮つけと漬物などを頼んだ。

「話と言うのは何かね。あまり驚かさないでくれよ」

　木付は言いながら、女との結婚でも切り出すのか、それならそれで金銭も含め労を惜しまないつもりであった。

「実は、東京に戻って四郎兵衛叔父さんにも挨拶し、秋月の家の様子も確認したいと思うのですが……」

「何日くらい休みが必要なのかな。僕にできることなら頼んでみるから」

「いえ、木付さんにご迷惑になってはいけませんので、辞職して行きたいと思います」

「六郎君、き、君は……、なぜ辞職するのだ。司法への道を目指すと約束したではないか。何が君の気持ちを変えてしまったのだ。僕は本当に嬉しかったのだよ」

　木付の顔に落胆と不安の色が見えた。

「木付さんにはお世話になって申し訳ありませんが、酒にも女にもだらしなくなってしまう僕が判事を目指すなど到底無理だと思います。正直、勉強も進まないのです。この先よくよく考えて見ようと思います。何ができるのか、やりたいのか、もう一度考えて、もし、裁判所の仕事ができると決心がつきましたら、判事になりたいとまで言いませんが、その時こそ、木付さんに改めて相談します」

　六郎は申し訳なさそうにそう言った。

「残念だな……、君がだらしないなんて誰も思っていないよ」

酒色に耽っているという噂が出ていないわけではなかったが、遅刻することもなく、皆勤しており、服務態度は良好であった。さすがに臼井亘理の血を引く男、能力も人並み以上であると思っていたのである。世が世なら三百石取りの家督を相続して、秋月藩執政として藩政を担う立場になるはずであった。

「それが、こんなふうに……」と、六郎に思わず視線を向けた。二人は箸を置いたまま黙り込んだ。

木付は「まさか、一瀬さんを……」と口に出しそうであったが、かろうじて言葉を呑みこんだ。

「いやいや、そんなはずは……、仇討ち禁止令が出てから久しい、時代も大きく変わっているのだ、何より六郎の酒や女に溺れた生活は仇討ちとはかけ離れている」と思った。

臼井家が厳格な家柄であることは良く承知しており、木付の脳裏には、六郎の祖父儀左衛門の顔が浮かんだ。儀左衛門は秋月藩の家老職を務めた人であった。

木付から見れば雲の上の人であったが、親戚のよしみで、会うといつも気難しそうな顔を綻ばせて優しく声をかけてくれたのであった。今も秋月で六郎のことを心配しているはずである。六郎の人生に仇討ちなどあってはならない、自分をもっと大切に自信を持って生きて行ってもらいたいと、関所長にも、新しく見えた増田所長にもよくよく後ろ盾になってもらいたいとお願いをしていたのである。

しかし、木付の思いに反して六郎の心の奥でくすぶっていた一瀬、萩谷への復仇（ふっきゅう）の思いは止みがたく、マグマのように表面に噴き出していた。

油蝉のけたたましい鳴き声を聞いているうちに、夏休みを取った一瀬が甲府から上京してくるのではないかと思い、六郎は居ても立ってもいられなくなったのである。

それから数日後、熊谷裁判所の増田長雄所長はじめ職員の人達にお別れの挨拶をして玄関を出た。

熊谷裁判所の勤務は僅か八カ月に過ぎなかったが、やはり名残り惜しいものがあった。

何度か、法服を着た自分を夢に見たことさえあった。もし裁判官になれたなら、秋月に住む臼井家の祖父母、養父、妹がどんなに喜ぶかしれないと思いもしたが、所詮それはうたかたの夢、虚しい夢に過ぎなかった。六郎は現実にひき戻された。

「父母を無惨に殺した一瀬直久、萩谷伝之進、断じて許さず」、この一念は何よりも強く自分の脳裏を支配していた。

〝なか〟にも別れを告げたかったが、これから先のことは唯の一言も真実が語れないのである。「好きだ」と言える立場でもない。あえてそうした欺瞞（ぎまん）は避けた。

中山道をおよそ十六里、鴻巣、桶川、大宮、浦和、蕨、板橋と宿場を一気に歩きぬき、東京へと入るつもりである。自信はあった。また元の根無し草に戻るだけだと思った。

熊谷の町はずれ、八丁堤まで来て、六郎は振り返った。熊谷宿と久下村の境に熊久橋（ゆうきゅうばし）という小さな橋があり、ここから八丁先に忍藩（おしはん）の仕置き場があったという。あと八丁で仕置き場に着くことを罪人に知らせ、もはや年貢の納め時であることを覚悟させたという。それで「八丁堤」と言われるようになったと聞いたことがあった。ただし、その真偽のほどは不明のようであった。

この辺りはすぐ南を荒川が流れ、河原には葦が群生している。また、堤の両側には竹藪や夏草が繁茂して風に揺れ、寂しげな風景が広がっていた。いかにも仕置き場がありそうに思えた。

昔、歌舞伎などでも有名になったが、白井権八という悪党がいた。路銀に窮した権八がこの竹藪から飛び出して上州の絹商人を伐り殺し大枚三百両を奪い盗ったという事件があった。ちょうどこの辺りであった。その逸話を伝える権八地蔵が今でもこの地に立っている。

なお、この八丁堤は池田栄泉によって「熊谷宿八丁堤ノ景」と題され、中山道六十九次の錦絵の中でも代表的な絵として知られている。この絵に描かれているが、ここには「みかりや餅」や「名物ゆべし」などで有名な立場があって、旅人たちは餅やゆべしを食べ一服していったのである。

立場というのは茶店のことであるが、旅人や駕篭かき人足などが杖を立てて一休みしたことから立場と呼ばれるようになった。

六郎は、言い伝えであるかも知れないが、お仕置きによって川原の露と消えていった罪人たちの気持ちを想った。だが、それは他でもない。まさに自分がこれから向かおうとしている道であった。

「いよいよ熊谷の町ともお別れか……」

感慨も一入であった。道を一歩踏み出すと、その思いを断ち切るように東京へとひたすら歩き始めた。もう振り返ることはなかった。

「許せるものか」、六郎の目は東京にいるであろう一瀬に向かっていた。

六郎、仇を討つ

六郎は東京に戻った。明治九年八月、秋月から木付篤と連れだって上京して来たが、三年近くなろうと言うのに何かを成したわけではなく、虚しく日を送っているだけであった。

それに引き替え、一瀬直久は、今では、静岡裁判所甲府支庁長に栄進しているのであった。

それだけに旧秋月藩の出世頭という評判であり、その動向が伝わってくる。

六郎は、旧藩主の黒田長徳（ながのり）公の邸宅に出入りするようになっていた。

黒田邸の家扶（かふ）、鵜沼不見人（うぬまみずと）は臼井家の親戚である。出入りするには都合が良かった。

鵜沼は、六郎の伯母利子の長女、つまり従姉（いとこ）のワカを妻にしていた。

鵜沼は亘理暗殺事件のことは知ってはいたが、ずっと江戸詰めであったから実感に乏しかった。めまぐるしい時代の変化の中で、六郎がまさか仇討ちを胸に秘めているとは思いもしなかった。

臼井家の血縁である妻のワカは、六郎の表情の中に誰かを捜しているような気配を感じていた。誰かとは言うまでもなく一瀬直久であろうと察していた。ワカも母の実家である臼井家の無念を身体中に感じていた一人であった。

それが、まさかこの後間もなく旧御主君の黒田邸で挙行されるとは思いもよらなかったであろう。

十一月のある日、ある旧藩士から、一瀬が東京上等裁判所の判事に栄進して東京に戻って来るということを聞いて思わず身を固くした。

上京したばかりの頃は、この黒田邸にもしばしば顔を見せていたということであった。必ず「来る」と確信した。

六郎は、事が失敗し一瀬に返り討ちにされた場合に備えて仇討ちに及んだ理由を認めた「事情説明書」をいつも懐に入れていた。

東京上等裁判所は大審院に次ぐ高等裁判所である。人の出入りも多く、見張っているのも集中力を要する。また、人を追いかけるようにあまり視線を動かすのも不審者と見られかねない。

一瀬の姿を探しあぐねていた。また今日も駄目だったと諦めて銀座鍋町を歩いていたところ、偶然にも一瀬直久を見かけ、胸がはげしく高鳴った。思わず懐に手を入れた。父の形見の小刀の柄を握り締めた。しかし、あまり人混みの中では逃がす恐れがある。

尾行しているうちに某宅に入って行った。待っても待ってもそれきり出てこなかった。

勘付かれたか、と不安になった。

明治十三年十二月十七日、また新たな情報が入ることを期待して京橋区三十間堀三丁目十番地（現・銀座六丁目辺り）の旧主黒田邸を訪れた。

六郎は、旧秋月藩士が訪れては旧交を温め、談話する二階の広間にいた。

鵜沼は留守であったが、まもなく帰ってきた。二階に六郎が来ていることを妻のワカから聞いたのか、部屋に入って来た。

「六郎君、しばらく見えなかったがどうしていたのか」と声をかけてきた。

しかし、返答する間もなく誰かが階段を上がってきた。六郎は足音に耳をすませた。

さりげなくその人物に視線をやると、なんと一瀬であった。一瞬息が止まった。

思いがけないことで心臓の血が逆流するようであったが、悟られまいと平生を装った。顔色が変わっているだろうかと息を深く吸い込んで呼吸を整えた。顔を一瀬の視線からそっと逸(そ)らせた。

一瀬は鵜沼に軽く挨拶し、六郎に気付かなかったかのように少し離れた席に座った。

階段からまた足音がして二人の旧藩士が入って来た。二人は一瀬のいるところに行き挨拶をした。

六郎は、焦ってはならない、邪魔が入れば失敗すると固唾(かたず)を呑んで機会を待った。

すると一瀬が立ち上がり、「郵便を出すのを忘れていた。下へ行って頼んでくる」と言った。

部屋の外に出かかると、二人は慌てて一瀬に走り寄った。

競うようにして、「私が出してまいります」と言ったが、一瀬は「いや、私がいくからよい」と冷たく言い放ち、階下へと降りて行った。

六郎は「逃げられてしまう」と手にも背中にも汗が滲んだ。

しかし、二階の人達に気づかれないよう精一杯さりげなく振る舞った。

六郎は鵜沼に「厠(かわや)へ行ってきます。失礼」と部屋を出て、逸(はや)る気持ちをおさえながら階段を降りた。一瀬を眼で追いかけたが、どこにも姿が見えない。

六郎は階下の小部屋に身体を潜め、油断なく短刀の柄を握った。すると、手紙を頼んで来たらしい一瀬が姿を現し階段に足をかけた。一段また一段と上がり始めた。

六郎は階段下の小部屋から飛び出し、一瀬の袖を掴み引き戻した。

振り向いた一瀬の目に驚愕の色が浮かんだ。

「何者だ」と一瀬は言ったが、すぐにハッと気付くと、「臼井六郎か」と端正な一瀬の顔が歪み、袖を振り払おうとしたが、六郎は逃がすまいと引き寄せた。左手で襟元をギュッと掴むと、右手に握った短刀で、「父の敵、一瀬直久覚悟しろ」と押し殺した声を出し、喉元を突き刺そうとしたが、そうたやすい相手ではなく外してしまった。

もう一度、今度は胸元めがけて突き刺そうとしたが、さすがは一瀬、丹石(たんせき)流刀術菊池香斎武紀(こうさいたけのり)より免許を受けたほどの秋月藩屈指の剣客であった。

一瀬は、六郎ごときに不覚を取るものかと組みついて来た。

山岡道場で揉まれ鍛えられた六郎の体は自分でも驚くほど敏捷に動いた。

ついに六郎は一瀬を組み伏せると、頸動脈にとどめの刃を突き刺した。無念を晴らした六郎は、思わず「父上、母上、とうとう敵(かたき)を討ちました。どうぞ成仏なさってください」と言うと、涙が滂沱(ぼうだ)と流れ落ちた。

父母の死後、苦節十三年の歳月が流れていた。

六郎は、旧主の邸宅を血に染めてしまったことを謝罪しようと二階に上がろうとしたが、障子が心張棒(しんばりぼう)でも架けられたのか動かなかった。

諦めて下に降りて行き、血で汚れた羽織を脱ぎ捨てると、自首すべく表に出た。

青ざめた鵜沼が二階の窓から「六郎、何をしたのか」と声をかけた。

六郎は、「父の仇をいま討ち果たしました。お殿様のお屋敷を汚してしまい、誠に申し訳ございません。今から警察に自首いたします」と言い、頭を下げた。

六郎は人力車を拾い、「京橋警察署までお願いします」と静かに言った。

車夫は血糊のついた袴を見て驚いたが、六郎の潔い澄んだ目を見て、「へい、承知しました。お伴いたします」と梶棒（かじぼう）を上げると車を力強く引き始めた。

仇討ち裁判

明治十四年（一八八一）九月二十二日、臼井六郎は裁判により終身禁獄の刑を申し渡された。

六年に「仇討ち禁止令」が発令されており、仇討ちは「謀殺」にあたり死罪が至当であったが、「士族たるにより……」と、閏刑（身分刑）が適用されて終身刑に減刑された。

徳川の時代に「孝子の鑑」、「武士の誉れ」と称賛されたことと比べれば、「死罪」から減刑になったとはいえ「終身禁獄」の重罪であった。やはり社会は大きく変化したのである。

六郎は石川島懲役場に投獄され、その後、小菅の東京集治監（しゅうちかん）に移された。

山岡鉄舟は六郎の仇討ちには複雑な思いであったと推察される。自分にも厳しく門人にも厳しかったが、情に厚い人であった。両親を惨殺され、藩からも理不尽な裁きを受け、ひたすら悔しい思いを抱き続けてきた六郎に対して、同情を禁じ得なかったことも確かであった。

鉄舟は、六郎がまだ収監されていた二十一年七月十九日、享年五十三歳で没した。

鉄舟夫人の英子（ふさこ）は、鉄舟の没後も獄中の六郎に衣服や食料の差し入れを続けたと伝わる。

この仇討ち事件は新聞で大きく報道された。明治に入ってからも仇討ちがあり、この時は「孝子の鑑（かがみ）」と称賛されたが、臼井六郎の仇討ち事件は、「仇討ち禁止令」が出てからは初めてのことであった。

江戸時代の道徳観は明治に入ってからも色濃く投影されていた。

六郎に対する世間の反応は武士の時代のままに「天晴れ、孝子の鑑よ」と、美挙として称賛する声がほとんどであった。

「仇討ち禁止令」など世間の人たちは知る由もなかった。

新聞などは、この事件をセンセーショナルに大きくとり上げ、「さて、どんなお裁きになるか」と注目したのであった。

改めて「仇討ち禁止令」なるものの存在、美徳とされた仇討ちが単なる殺人罪であり、死罪となるということを知った世の人びと、とりわけ元武士たちは強い関心を持って騒いだ。

結果、「士族たるにより……」と元武士たちへの配慮も見せて減刑されたのであったが、やはりもどかしい気分は残ったであろう。死罪は免れたが、重罪であることに変わりはなかった。

六郎は自首した後、厳重な取り調べを受けたが、素直に包み隠さず自供した。

秋月の臼井亘理・中島衡平暗殺事件に因を発していたが、雇吏とはいえ裁判所の元職員が東京上等裁判所の判事を殺害したという点においても因縁めいていた。死罪覚悟の行動であった。

ただ、敵とはいえ人を殺すということは人の道から外れることであると、六郎は今更ながら実感したのであった。頭上から雲がすっきり晴れることはなかった。

討たれた一瀬直久には妻と子供がいた。

六郎は、「さぞ自分のことを憎く、また恨めしく思っていることだろう」と思った。

それは六郎が誰よりもよくわかっていた。

幸せな日常を壊され、かつて自分の体に沁みついたと同じ憎悪の念が、今自分に向けられているに違いなかった。六郎は、自分が「死罪」となることで、一瀬の妻や子供の心が癒されるならばそれでよいと思った。

当時、一瀬直久は正義と信じて臼井亘理を暗殺したのであったが、父山本亀右衛門からきつく咎められ、時が経って冷静に振り返ってみれば、自身もその過ちに気付いたであろう。

慙愧の念いを胸の深奥に抱えていたと察せられた。

早川勇は一瀬の勤王の志とその活動、能力を評価しており、亘理暗殺の正当性についても擁護していた。早川の臼井亘理評は、秋月藩や福岡藩の取り調べと同じく、佐幕、開明派であったものが勤王党有利と見るや私欲のために豹変したという見方に同じであったようである。

その見方の中には、福岡藩勤王党の中心であった早川勇が佐幕派から弾圧された「乙丑の獄」の苦渋の経験が影響していたと思われる。また、秋月藩の内情まではわからなかったためでもあろう。なお後に、早川はこの仇討ちの場所となった京橋区三十間堀三丁目の旧秋月藩主黒田長徳の邸宅を買い取っている。

黒田長徳にとって、この仇討ち事件は秋月藩主の頃にその因を発しており、忘れ得ぬ、暗く忌まわしい記憶であった。

「自分がもう少し時代の変化が読みとれ、臼井亘理の主張を理解できておれば、こんな事件は起きなかった……」と思い、悔やむこともあったと察せられる。

あの頃はまだ若く、吉田悟助や田代四郎衛門らの重臣の言にしか耳を貸さなかった。長老、特に灰汁の強い吉田悟助の意見に流されたという悔いがあったに違いない。

吉田悟助の妻が長徳の乳母であったことから、悟助の悪評にも目をつぶってきたのであった。耳に届かなかったことが多々あったのかも知れない。結果、起きた亘理・衡平暗殺事件であり、六郎の仇討ち事件であった。

黒田屋敷には暗い影が落ち、これ以上この影を引き摺っていくのは辛いものがあったのであろう。

そこで知己の早川勇に邸宅の売却について相談し、早川が買い取ることを承諾したものと察せられる。黒田公は早川に屋敷を売り渡しこの屋敷を出ていった。

改正官員録に早川の住所が三十間堀の旧黒田長徳邸の住所になっているのはそうした事情によるものであった。

六郎は石川島に投獄された後、東京小菅にある集治監に移されていた。

服役態度は頗るよろしく模範囚であったという。

郷里秋月にも、六郎が見事仇討ちを果したということが叔父上野月下から実家の臼井家に伝えられた。この時まだ、祖父儀左衛門は健在であった。東京に出ている息子の四郎兵衛から届いた手紙を見て、歓喜の声を上げ、嬉しさのあまり齢八十歳にして竹垣を押し破り、隣家の白石杢右衛門宅に駆け込んで知らせたとのことである。

その時の喜びが和歌に詠まれており、そのうちの二首が次の歌である。

けふといふ今日は雲霧はれ尽し富士の高根を見る心地せり

山につみ岡に手打し木のは衣こは仙や恵み玉ひし

一首目は、祖父儀左衛門はじめ一族の人たちの長年の鬱積した気持ちが、「今日という今日こそ、雲や霧が晴れゆく碧空に富士山の高嶺がくっきりと見えるようなせいせいとした心持ちであること

明治18年6月「改正官員録」「早川勇、従五位　太政官大書記官兼参事議官補　三十間堀三丁目十番地」とある。秋月藩 元藩主黒田長徳の屋敷を買い取ったことがわかる（国立国会図書館所蔵）

よ」と嬉し涙にくれるその顔が浮かんで来るような歌である。

二首目は、山と岡の二字を詠み込んで、「(六郎を)温かくつつんでくれた木の葉で紡いだこの衣、これは杣人がお恵み下さったものでありましょう」と温かく訓育してくれた山岡鉄舟への大恩に手を合わせ深く感謝する気持ちを詠んだ歌である。

六郎の仇討ちの報せは間もなく秋月中に伝わった。

臼井家の親族だけでなく中島衡平の親族、また両家に同情を寄せてきた秋月の人たちも無念が晴れ、六郎の仇討ちを喜びあった。

秋月は暗殺事件の後、干城隊を支持する側と臼井・中島両家を支持する側とに二分するほどの対立が生まれ、喧々囂々、小藩である秋月藩内に非難の応酬が見られるようになった。

臼井亘理暗殺の直後は一瀬直久を烈しく叱責した父亀右衛門であったが、山本家の大事な跡継ぎであることに変わりはなく、東京に出ていく直久を寂しく見送った。しかし、上京後の直久の出世は目覚ましく、東京上等裁判所の判事に栄進した時は嬉し涙がこぼれた。それがつい一カ月前のことであった。喜びも束の間、臼井六郎に討たれたと聞き、因果応報を痛感し、絶望の淵に落ちた。

亀右衛門は息子直久の死を知ると、これ以上この暗い淵で生きていることに意味を見出せなくなったのであろう。縊死してしまった。一瀬家も悲惨な結末を迎えることになってしまったのである。

勝海舟は臼井六郎の仇討ちについて聞いた時、山岡のところのあのやせっぽの書生か、と驚いた。きりっとした顔の、きびきびとした折り目正しい青年であった。何度か鉄舟の使いで屋敷にも来

山岡鉄舟　宮内省退官後は、屋敷内に剣道場「春風館道場」を開き、剣・禅・書の三位一体の練磨に心掛け、門弟を指導（国立国会図書館所蔵）

たことがあった。海舟は仇討ちの事情を知ったことで、六郎の心情に思いを寄せて、心のこもった書簡を鉄舟に送った。

　上野月下は山岡邸を訪ね、六郎がお世話になった御礼を申し述べ、山岡ご夫妻の恩情に深く感謝の意を表したのであった。その際、鉄舟から勝海舟が六郎に書簡を寄せてくれたことを聞かされ、それを伏し拝むように読ませていただいたのであった。

　月下は、「家宝にいたしたく、この書簡頂戴できませぬか」と懇請したが、それは勝に迷惑が及ぶことにもなりかねないので、お断り申し上げるということであった。

　しかし、月下は、この手紙をよく記憶していて、帰宅後、すぐにその内容を書き写しておいた。月下は実家の臼井家に勝海舟の書簡の写しを送った。六郎の祖父母も、養父となった次兄の慕(しとう)も、山岡鉄舟、勝海舟の有り難さに、一家皆々手を合せ嬉し涙にかきくれたのであった。

　明治二十二年、臼井家にとってはさらに嬉しいことがあった。大日本帝国憲法の発布があり、六郎は大赦の恩恵を受け、終身刑であったものが懲役十年に減刑されたのであった。すでに八年服役したのであと残り二年となった。

「仇討ち」譚を終えて

鷗外は木付篤の「仇討ち譚」に聞き入っていた。薪を継ぎ足すことも忘れ、いつの間にか囲炉裏の火が燃えきり、白く灰になっていることに気付かなかった。残り火に小枝を乗せるとぽっと火が燃え上がった。薪を継ぎ足した。

話の途中で女中に酒を持って来てもらった。

例の尿壷の形をした陶器に酒をいれて持って来た。その燗徳利を炉の灰の中にズブッと埋める。火の近くの灰は熱を帯びていて、ほどよい具合に燗が付くのであった。

その燗徳利を灰から引き出して飲み交わした。

旅先で見知らぬ人と心を通わせてこうして酒を酌み交わすのも悪くないと鷗外は思った。酒には強い方ではない鷗外であるが、思わず「旨い」と口について出た。

鷗外は、「臼井六郎は獄中で西教（キリスト教）を信仰するようになったとのことであるが、コルシカ人のワンデッタ（ヴァンデッタ＝復讐の意）にも似た自分自身の復讐について今どのような心境でいるのだろうか」と想像をめぐらした。

「彼は今、どうしているのですか」と木付に酒を注ぎながら聞いてみた。

「六郎はまだ小菅の獄にいると思いますが、大赦によりまして十年の刑に減刑されましたので、もう間もなく出所できるかと思います」

「そうですか。出獄の時が近づいているとなれば、母親を殺したその人は今、毎日心の休むことがないでしょうね」と鷗外は見も知らぬ萩谷伝之進のことを想い浮かべたようであった。

母の敵（かたき）の萩谷伝之進は亘理暗殺事件の後、悶々とした日々を送っていたようである。亘理の妻女の殺害に及んだことで秋月においても厳しい非難の目を向けられていた。

そこで、秋月の乱が起きたのを好機としてその捌（は）け口を求め、乱に加わったが、圧倒的な軍備の差があり瞬く間に鎮圧された。その後、萩谷は運よく逃げ落ち、どこかへ行方をくらましていたが、ほとぼりがさめた頃、再び秋月に舞い戻ったという。

萩谷は六郎が一瀬を殺害したことを知ると、次第に精神を病むようになってきた。

やがて、「六郎が来る、六郎が来る」と叫びながら、あちこち徘徊するようになったと伝わる。

萩谷伝之進は、それから間もなく悶死してしまった。

鷗外は、「木付判事さん、仇討ち譚、たいへん興味深いお話でした。事件の間近におられた方のお話ですので、つい聴き入ってしまいました。今、この温泉旅行の紀行文を書いているのですが、この話のことを書き送ってもよろしいでしょうか。『東京新報』というところから『みちの記』と題して発表されることになっているのですが、……」

木付は六郎のことが気にかかったが、すでに世間に知られていることでもあるし、他ならぬ鷗外先生の手による文章であれば、心配も要るまいと思い快諾した。

第六章　山田温泉を発つ

「藤井屋」を発つ

八月二十五日になった。東京の自宅を八月十七日に出てから九日目になった。「藤井屋」に投宿したのは十八日であったから逗留八日目になる。

馬車鉄道での碓氷峠越えはさすがに身にこたえたが、過ぎてみればなかなか得難い経験であった。また須坂から山田温泉に牛の背に揺られて向かった山中行はさながら老子の騎牛図にも似て珍しくとても面白かった。旅は思いがけないものを見聞きし、体験させられるものだと思った。

東京での公務や家庭の生活が一時（ひととき）なりともスーッと遠くに去って行くように思えた。鷗外の心に住みついている屈託が幾分なりとも軽くなっていた。

昨日は新潟始審裁判所の木付判事との邂逅があり、彼からめずらしい話を聞いた。その「仇討ち譚」を「みちの記」の記事に加えるべく鷗外は昨夜のうちに原稿を書いた。

こうした状況の中で、雑誌「しがらみ草紙」第十一号も出来上がり発行された。

これには、ドイツ留学時代のミュンヘンを舞台に書いた第二作目の「うたかたの記」を掲載していた。文芸活動に自信が芽生え、面白くもなってきたところでもあった。

秋川渓谷はすでに秋の気配が漂いはじめていた。吹く風に、また蜩の鳴く声になにやら寂寥が身に沁み入ってくるようであった。そろそろ東京に帰らねばと現実に引き戻されてきた。

鷗外の山田温泉滞在を知って、法科大学の学生の丸山という青年が訪ねて来た。「米子の滝は実に素晴らしく、見ごたえがあります」などと話し、「須坂からそれほど遠くはございませんので、先生ぜひお出かけください」と誘われた。

滝の話は以前にも聞いたことがあった。丸山の話を聞いて、ぜひ行って見学してみたいという気持ちが湧いてきた。旅の最後の良き思い出にしようと思った。


翌二十六日、空は曇り、霧が出ている。今日は米子に行こうと、かねてから思っていたが、偶々(たまたま)「信濃新報」を見ていたら、あちこちに水害が出ていて帰りの道中が心配になるようなことがいろいろ書かれていた。最早(もはや)帰らなければならない時期も迫ってきていた。

ここにも随分久しく滞留したことでもあるし、もう帰ろうと思った。

現実が脳裏に蘇ってきた。道路や橋や汽車の運行にも影響が出ているかも知れない。

東京に帰るのが遅れることがあってはやはり不味(まず)いと、心配になって来た。

「須坂でお待ちしています」と丸山氏が言っていたので、彼のところへ人を使いにやり、「せっかくのお誘いでしたが、あちこち水害が出ているようで帰りの交通が心配ですから、東京に帰ることにします」と伝えてもらった。

急いで荷物をまとめ、旅館の支払いを済ませた。

帰りは豊野の方に回ることにした。この道は、はじめ来た時の道よりは近くて下り坂なので、人力車で行けそうであった。宿の者に車を呼んでもらった。

小布施という村で、しばらく休憩をした。

このあたりの野には、鴨頭草（つきくさ）という、露草とも言うようであるが、この草だけが一面碧く生い繁っていた。

少し行くと秋萩の繁っているところもあった。

麻畑の傍を過ぎたが、半分くらいが刈り取ってあった。

信濃川に出て見ると、来た時にはあった舟橋が取り外されていた。やはり水かさが増していたのである。仕方なく小舟で渡った。流れが速く櫓を漕ぐ船頭の目は真剣そのものであった。

豊野から汽車に乗って、軽井沢に向かった。途中線路が壊れたところが多く、または仮修繕しただけなので、そうしたところに来る度に汽車は速度を落として進んで行った。

近くの川の流れを見ると、泥まじりの濁った波浪（なみ）が岸を打ちつけて、堤防を破った所が少なくない。けれど幸いにも田んぼの稲は皆無事であった。

夜、軽井沢の旅館「油屋」に宿泊した。

往路では、堪えがたい頭痛に襲われ、とてもすぐに汽車に乗る元気はなく、ひと汽車やり過ごしてこの「油屋」に入り横になって休んだが、今夜は宿泊である。道中最後の一夜となる。

ゆっくり原稿書きなどしてこの旅を振り返ってみることにした。

翌二十七日、軽井沢の旅館「油屋」で朝を迎えた。

朝食を済ませ、軽井沢停車場から馬車鉄道に乗って行く。だが、今回は貨物車に乗ることになった。それでも、先日乗った馬車鉄道のギュウギュウ詰めの客車の中でむせ返るような汗の臭いを嗅がされるよりどんなにか良いと思った。今日は雨が降っていないので、帆布で周りが囲われておらず、また天井も塞がれておらず、高原の涼風がよく通り気分は爽快であった。ただし、撥条がないことや、ガタガタして尻が痛いことは同じであった。

山の緑が目を楽しませてくれる。旅情が身に沁みついてしまい、許されるならもう一度山田温泉に戻りたい気分であった。

碓氷峠を通り過ぎて横川に着いた。峠の路はあちこち壊れたところが多かったが、それらは全て仮りの修繕をしているので馬車鉄道は通行していた。

横川から先の方は、山が崩れ落ちてすっかり軌道が埋まってしまったところもあるようであった。橋が落ちたところがあって、汽車が不通になっているという。

鷗外は草鞋を履いて歩くことにした。軌道から左に折れてもとの街道を行くと、ここにも道が遮断されたところがあるので、山を越え谷を渡ったりなどする。思いもよらない難事であった。

米子の滝を見学したかったが、思い切って取り止め、早めに帰途について良かったとほっとした。

松井田から汽車に乗って高崎に着いて、ここで乗りかえて新町に出た。

新町からは人力車を雇って本庄に行くことにした。

本庄から上野までの高崎線の線路は通行を阻害するものはないということであった。

ここから汽車は真っ直ぐ上野を目指して順調に走っていく。

しかし、夏の強い日差しに晒されていて、おまけに人を大勢乗せているので、車内の暑さといったら堪えがたいほどであった。西国のほうではさぞもっと大変であろうなどと思った。

車掌などには、上、中、下等の客という考えがなくて、彼らは洋服さえ着ていれば、きっと有り難い官員様であろう、こっちは草鞋を履いているので、きっと卑しい農夫であろうという想像が頭の中にあるように見うけられた。

上等、中等の客室に入って、切符を調べるにも、洋服を着ている人とその同行者には切符を所持しているかどうかなど調べないで、着物の者にはもらすことなく切符を確認するのである。

また豊野の停車場では、小荷物を預けようとして頼んだが、着物姿で草鞋を履いていたものだから「駄目だ」とにべもなく断られた。官員顔して偉そうに言ったので、強く抗議をしたら、その後はもう何を言っても返事をしなくなった。露骨な差別である。洋服か、着物かでこれほど態度が異なるとは心外であり、滑稽にさえ思えた。

これとは裏腹に、松井田で西洋人が乗ったときなどは、車掌が荷物を持ち運んだりした。

また、松井田から本庄まで汽車が通行しない軌道を、洋服を着た人の妻や子ども、女中には通らせ、なおも飽きたらないのか、これを空いた荷積汽車に乗せて人に押させたりしたのである。

この他にも、この旅の間に洋服の勢力がある様を見たことは幾度あったか知らない。

茶店、旅宿などにおいても、極く上等の座敷の畳は洋服でなくては踏み入りがたく、洋服を着た人は、後から来ても先に飲食することができるようであった。

茶代の多少などは二の次で、最も大切なことは服の和洋の違いである。

これから旅をしようとする者が心得て置くべきことである。けれど贅沢なものを着てもそれほど得はない。洋服でさえあれば、帆木綿でもよいだろう。白い上衣の腋の下が黄ばんだものを着た人でも、新しい浴衣を着た人よりは尊ばれるのを見たのである。

鷗外はこう皮肉を込めて結んだ。それにしても、いろいろ見聞できた旅であった。

汽車はやがて熊谷停車場にレールと車輪が擦れるギギギーッという金属音を立てて止まった。

木付判事や最後の仇討ち譚の臼井六郎がかつて勤務した熊谷裁判所のある町か……、二人がこの裁判所にいた頃はまだ汽車は通っておらず、こんな立派な駅舎もなかったのである。

木付判事と囲炉裏を囲んで飲み語らったひと時がもうすでに遠く懐かしい記憶のように思えて来た。

突然、汽車はブォーッと汽笛を轟かせ、煙を吐きだして一路上野に向かって滑り出した。

鷗外の帰京とある決断

鷗外、と言うより、森林太郎は、陸軍二等軍医正、軍医学校教官という身分に立ち戻ってみると、これから決断しようとしていることが人生を大きく変える由々しきことであるということは充分に承知していた。

上野花園町の自宅には間もなく出産を迎える新妻が待っている。

「さて、どうするか」、誰に相談してみても埒（らち）があくはずもない。もっとも信頼し得る親友の賀古鶴所（かこつるど）にさえも言える話ではない。さすがにこのことは自分で決断するしかなかった。

妻登志子との関係は冷え切っていて、この先もこのまま回復の見込みはないだろうと思われた。

登志子も自身の心の持ちようを整理しかねているようであった。

鷗外自身は心の中を正直に探って行けば、登志子から心が離れ、距離を置いているのがわかっている。自分がもう少し登志子に優しく接すれば解決する問題であることもわかっていた。

登志子に申し訳なく思う気持ちはあるが、そのような欺瞞的なことはできない。

母の峰子が勧めるまま、自分の気持ちに問いかけることもなく、エリーゼ来日の時に母たちに心労を掛けた後ろめたさもあり、結婚については素直に従ったのであった。

上官の石黒忠悳（ただのり）はじめ医務局軍医部の人たちは結婚の行方に目を凝らしていた。

相手は、海軍中将赤松則良閣下のご令嬢である。

『舞姫』のモデルになったエリーゼとのスキャンダル、その影が鷗外と登志子の二人の生活に覆っていることも察せられ、石黒は心配していたが、結婚一年余を経過し、「先ずは一安心」とほっとしていたところであった。

第七章　鷗外、その後

森家を取りまく名門赤松家の縁戚

赤松則良、榎本釜次郎（武揚）、西周助（周）、津田真道、林研海らは徳川幕府の命によりアメリカに留学する予定であった。しかし、リンカーン大統領の奴隷解放運動に端を発した南北戦争が勃発し留学生を受け入れるどころではなくなった。そのため、急遽行先がオランダに変更となった。

彼らはその留学に同行した仲間であった。

西洋の進んだ軍事等の諸制度や国際法、造船技術などについて、それぞれの得意分野を修得して、帰国後幕府のために活躍するはずであった。ところが、帰って来てみれば肝心の幕府が倒れてしまった。幸い、明治新政府にとって近代国家づくりの頭脳が不足していた状況のなかで彼らは必要不可欠な人材となっていくのである。

赤松、西、林、榎本の四家は、オランダ留学における同志としての縁で結ばれているだけでなく、その後お互い縁戚関係においても結ばれることになる。

森家は西家と元々津和野藩の御典医の家同士で縁戚になっていたが、林太郎と登志子の結婚によ

オランダ留学時代の西周　慶応元年（1865）オランダにて。後列左より榎本武揚、布施弦太郎、津田真道。前列左より肥田濱五郎、赤松則良、西周（文京区立森鷗外記念館所蔵）

り赤松家とも縁が結ばれ、これにより林家、榎本家ともつながったのである。

森鷗外を取りまく赤松、林、榎本、西の四家との関係について述べてみたい。

まず赤松家であるが、赤松則良は海軍中将で、佐世保鎮守府司令長官、賞勲局議定官など務め、後には貴族院議員に勅選される。従三位勲一等、男爵を授けられた。赤松則良の妻 貞は林洞海の次女である。また、榎本武揚の妻多津も胴海の長女である。つまり、赤松と榎本は妻同士が姉妹であり義理の兄弟ということになる。

林洞海　幕府奥医師、大阪医学校（現大阪大学医学部）校長。妻のつるは順天堂の創始者・佐藤泰然の長女（国立国会図書館所蔵）

林研海　林洞海の長男・紀（つな）。陸軍省軍医総監。西周、赤松則良、榎本武揚らと共に幕府より派遣されオランダに留学（国立国会図書館所蔵）

林洞海は将軍家の奥医師として将軍の脈をとる医家の名門で、大阪大学医学部の前身である大阪医学校の校長を務めた。妻のつるは順天堂の創始者佐藤泰然の長女である。

長男の林研海は西、赤松、榎本らとオランダ留学の仲間で、初代 陸軍軍医総監を務めた人物である。また、洞海の六男の紳六郎は西周の養子に入って西紳六郎となり、海軍中将、貴族院議員等を務めた。

榎本武揚は、かつては徳川の幕臣であり、幕府の海軍を率い北海道に渡り、戊辰戦争最後の戦いとなった函館戦争の指揮を取った人物である。函館五稜郭に立てこもり最後まで官軍に抵抗した。

当然死罪になるはずの身であったが、命が救われたのみならず、後には海軍卿、農商務大臣、外務大臣、文部大臣、逓信(ていしん)大臣等を歴任した。明治政府の要人として、その地位を確たるものにし、正二位勲一等子爵にまで栄進した。不思議と言わざるを得ない。

徳川から明治政府に寝返った二心ある男という見方をされてもいた。助かりたいと思ったわけではなかった。また、助かるとも思っていなかった。命が助かったのはひとえに榎本武揚の類いまれなる才能のお蔭であった。

榎本は、西周、赤松則良らと共にオランダに留学したが、この時学んだ国際法や軍事、船舶等の知識、とりわけオルトラン著の「万国海律全書」を深く学び座右に置いていた。

しかし、なにぶん戦時下であり紛失、焼失を恐れた榎本はこの本をいま正にこの五稜郭を攻撃している敵、官軍の総指揮を取っている黒田清隆に送り届けた。

敵、味方に関係なく、これからの日本にとって必要な書であるという信念であった。

これを見た黒田はこの書物への書き込みの凄さ、また並外れた知識、慧眼(けいがん)に驚嘆した。新政府にこれだけの才覚のある人物はいないとさえ思った。

倒幕には並外れたエネルギーが必要であり、敵に向かって命知らずに駆け回り刀を振りまわすよ

榎本武揚　元幕臣、函館五稜郭に籠り官軍に抵抗、敗戦後、処刑を免れ明治政府に出仕、海軍卿、農商務大臣、外務大臣、文部大臣等要職を歴任（国立国会図書館所蔵）

うな男も必要であったが、新しい国家づくりには何の役にも立たない。幕臣であろうが、官軍に最後まで逆らい続けた男だろうが、殺すには惜しい人材であった。黒田清隆は、榎本武揚を近代国家建設に不可欠の人材と見た。

黒田は、後に伊藤博文の後、第二代総理大臣となったのであるが、その人物が自分の頭を丸めてまで榎本の助命を政府に請うたのである。

徳川方の、しかも五稜郭に立てこもり、新政府に最後まで抵抗した男、真っ先に処刑されるべき男が、なぜこれほどの出世をしていくのか……と、もしこの不満をぶっつけて問う者があれば、黒田は即座に「君らとは器が違うのだ」と答えたであろう。

鷗外と登志子の結婚の実質的な仲人である西周は、明治七年の「官員録」を見ると陸軍省の最初の頁に「大丞　従五位　西周」と出ている。

この時の陸軍省のトップは「陸軍卿　従四位　山縣有朋」であった。

西はその後、宮内省御用掛、文部省御用掛を経て、元老院議官、正三位勲二等となっている。貴族院議員も務め男爵の爵位を授けられた。

西周は哲学者、啓蒙思想家としての印象が強いが、山縣有朋の信任が厚く、意外にも陸軍省の高官の地位にあった人である。海陸軍の刑律など諸法規の起草や、「兵家徳行」、「軍人訓戒」、「兵賦

黒田清隆　元薩摩藩士、第二代内閣総理大臣。陸軍中将。長女の梅子は榎本武揚の長男榎本武憲の妻（国立国会図書館所蔵）

論」、「軍人勅諭」などの草稿を書いている。

西周は兵部省（後の陸軍省）に出仕、日本の近代軍制の基礎作りをした。

山縣有朋が、西周や津田真道らを高く評価し、陸軍の高官として抱えたのは、海陸軍の軍制を整備し、その基となる精神・思想を注入することが肝要であるとの考えからであった。このように西は陸軍省の高官であったが、戦地に赴く武官とは異なる。文官であった。

西は、森有礼（ありのり）が結成した明六社（めいろくしゃ）の主要メンバーでもあり、森有礼、福沢諭吉、津田真道、加藤弘之、中村正直らと共に日本に西洋の思想を紹介し国民を啓蒙した思想家、哲学者として知られる。明六社の功績は近代、現代にわたる日本の諸制度の変革に貢献し、また人々の意識を啓くなど社会の発展に大きな役割を果たしたことである。

啓蒙思想家としての西周は西洋の思想などを世に知らしめるため多くの思想書などを翻訳、紹介している。翻訳にあたっては、たくさんの訳語を使う必要がある。

西周　津和野藩御典医の家に生まれた。幕府派遣でオランダ留学、明六社の主要メンバー、啓蒙思想家、哲学者、陸軍省高官、元老院議官、貴族院議員、男爵（国立国会図書館所蔵）

明六社の津田真道や中村正直、森有礼、福沢諭吉らも多くの翻訳書を著しているが、翻訳語の数や質において西周のものが質が高く数も圧倒的に多い。西の翻訳語の研究をされた手島邦夫氏によれば、翻訳語には「新造語・転用語・借用語」の三種があり、西が造った「新造語」は八五〇語と最も多く、今日においてもなお使用されている語、例えば、化学、哲学、帰納法、演繹法、物理学、本能、抽象、理想、道徳、肯定、権利、政府など馴染みのある語が多い。

西家と森家が親戚であることは先述したとおりであるが、西周の父西時義は、森家から西家の養子に入った人で、元は森覚馬と言った。つまり、周には森家の血筋が流れているのである。

しかし、西周と鷗外は血がつながっていない。というのは、森鷗外の祖父母は共に養子であったため、ここで森家の血筋が変わったのである。それでも森家は西にとって父の実家であった。

それだけに親戚の意識は色濃く体に染みついていた。

鷗外の母峰子の懇望もあって、東京に呼び寄せ英才教育の手助けをして来たのであった。鷗外は一時、西邸に寄宿していた。親子ほど年の差（三十三歳）があり、親戚で、かつ政府の高官である西周には鷗外は頭が上がらなかった。

受験資格に二歳足りないことを知らないはずもないが、東京医学校予科への進学を勧めたのも西であった。

林太郎は最年少であったが、それでも学力は五、六歳上の人と比べても遜色はなかった。

同期に入学した賀古鶴所は七歳も年長であったが、林太郎とは生涯の友人となり、友人の中でもっとも信頼し安心して何でも話せた人であった。

鷗外は二歳年を多く偽り、賀古は五歳も少なく年をごまかした。受験資格の年齢に達しなかったり、年齢が超えてしまったりした場合においても、その頃はそれほどやかましくなかったのか、こうして年齢をごまかすことがあった。学ぶ意欲を持った優秀な人材を得ることが優先されたのであろう。

お蔭で鷗外は入学でき、年長ばかりの同期の中にあっても優秀な成績で、十九歳という若さで東大医学部を卒業をしたのであった。この最年少記録は破られることのない記録となった。

同期の賀古鶴所や小池正直は先に陸軍省の医務局に入省していた。鷗外はどうすべきか意志が定まらず父の医院の手伝いなどしていたが、小池の推挙を受けて陸軍省に入省することになった。

軍医監石黒忠悳（ただのり）が森林太郎 鷗外に目をかけていたのも、その才能に目を見張るものがあったことはもちろんであるが、赤松、西、林、榎本らの華麗なる人脈があったことも見逃せないだろう。

ところが、鷗外がドイツ留学から帰国した際、ドイツ人女性が四日遅れの船で横浜まで追いかけてきた。醜聞になりかねない事件であった。

森家はもちろん陸軍省、医務局軍医部にも衝撃が走ったであろう。

それが、こともあろうに、このことを題材にして小説を書き、世間に恥をさらすとはなんという馬鹿なことをと、エリーゼとの関係を早くから知っており、留学から帰国する途上の汽車や船の中でも鷗外から相談を受けていた石黒忠悳にとっても予想外のことであった。さすがに怒りを覚えた。

この時期エリーゼの問題に先行して、西周の勧めですでに縁談が進んでいた。

西周は、林太郎（りんたろう）と登志子の二人については幼い頃から共に知っており、この二人を結び付けようと考えたのであった。それは西にとって最上の縁組であった。

相手は海軍中将赤松男爵の令嬢登志子であった。事実上、西周と赤松家、そして森家とでこの結婚は決まったようなものであった。

石黒は、エリーゼとの関係を穏便に解決するには、この縁談が成立して結婚するのが良いと考えていたであろう。そんな結婚であったのだから、西、林、榎本、そして赤松と、これだけの一族がそろった婚姻関係、登志子との関係を清算することは、鷗外と言えど、個人の意志を通せるほどそう簡単なことではなかった。

上野に近づくにつれ、鷗外の決意は鈍っていった。

もし、陸軍に留まることが難しくなるようであったら……、作家として自立していくことができるだろうか、という葛藤に苛まれながら花園町の自宅に向かっていた。

もうすぐ出産する予定の登志子の顔が浮かんで来た。

鷗外の葛藤と、決断

明治二十三年（一八九〇）八月二十七日、山田温泉から帰宅した後の鷗外の思いは、一つの方向に向かっていた。これによりどれほど大きな混乱が起きるかは容易に察せられた。

先ずは両親の気持ちに思いを馳せた。赤松の義父母の悲嘆、怒りも瞼に浮かんだ。そして何と言っても、二人の縁を取り結んだ西周の落胆と怒りが脳裏をよぎるのであった。

肝心の登志子はどう反応するであろうか。

新婚の林太郎と登志子は、年齢差が十歳ほどあり、二人の生い立ちや環境にも差があった。

性格の不一致もあり意思疎通がうまく行かない状況も多々あった。

また、新婚家庭に鷗外の弟二人と登志子の妹二人、下働きの女中数名など、大所帯の中で生活する無理も生じていた。

雑誌編集のため落合直文、幸田露伴ら多くの文人仲間が訪れ、「しがらみ草紙」（月一回発行）の編集で深夜に及ぶ編集会議などが続き、花園町の住居の二階の書斎からはああでもないこうでもないと、いつ果てるともなく大きな声が聞こえてきた。

彼らが来ない時は、鷗外は一人書斎にこもり、「衛生新誌」（隔週発行）、「医事新論」（月一回発行）の原稿を書き、自ら編集発行した。

九月には「衛生新誌」と「医事新論」を合併し、「衛生療病志」として創刊した。

その他「東京医事新誌」（週一回発行）、「裁判医学会雑誌」（十日に一回発行）などの医学雑誌などにも原稿を寄稿しなければならず、ゆっくり新妻と過ごす時間などなかった。

しかしながらそもそもの原因は別のところにあったのである。

忙しいのはよいとしても、鷗外の気持ちが自分のほうに向いていないことが、さすがに登志子にはわかっていたのである。夫の愛が感じ取れない日常を普通のことと受け入れるには無理があった。

時には優しく接してくれて、二人で買い物とか、芝居見物とかどこかに出かけたりするといった気配りでもあったら救われたであろうがそういうこともなかった。

登志子は意地でも自分から甘えることなど出来なかった。

鷗外は、率直に言えば、登志子に女性としての魅力が感じられなかったのである。

鷗外と登志子の気持ちはお互いに乖離（かいり）していった。

別天地の様な山田温泉に逗留していた時は、束縛の無い新しい生活に踏み出そうという勇気が湧いてきたのであったが、さすがに現実の状況を見れば、激しく迷わざるを得なかった。

石黒軍医監の顔が浮かんで来た。軍医としての仕事が無事に続けられるかどうかと、そんな葛藤を続ける中、九月十三日には、男児が誕生した。

この長男は鷗外によって於菟（おと）と名付けられた。

鷗外は思うところがあり、二十一日に山田温泉の「藤井旅館」（現在の「緑霞山宿　藤井荘」）の東兵衛さん宛に土地のことで問い合わせの手紙を出している。

森鷗外の書状（藤井荘提供）

「藤井旅館」主人藤沢東兵衛に宛てた鷗外の書簡　明治23年9月21日に「藤井旅館」の土地を一部譲っていただけないかという内容の書簡。「ふち井様」と見える（高山村教育委員会提供）

「拝啓、先頃は御世話に相成申候、御手紙今まで答へず失礼御許なされ度道中記は九月五六日比まで（八月十九日の比より）の東京新報に有之候、御覧になる程の事は無之候、兼て御話中候地面何反何金にて御譲出来候哉序の時御知らせ被下度御依頼申上候也、早々　二十一日
ふぢ井様」

「拝啓　先日はお世話になりました。お手紙、今まで返事も申し上げず失礼をいたしました。お許しください。道中記（「みちの記」）は、九月五、六日頃まで（八月十九日の頃より）の東京新報に出ております。ご覧いただくほどのことはございません。さて、前々からお願い申し上げております土地について何反くらい、また幾らくらいでお譲りいただけますでしょうか。ついでの時にでもお知らせくださいますようお願い申し上げます。草々　二十一日　　ふぢ井様」

といった内容である。

写真は現在の「藤井荘」である。写真には写っていないが、

現在の「緑霞山宿 藤井荘」（旧藤井旅館）
写っていないが、左の方に建物が続いている。鷗外滞在当時、別館があった。この周辺の土地を鷗外が求めたものと思われる（筆者撮影）

左の方に更に建物が続いている。そのあたりに鷗外滞在当時には別館があった。鷗外は滞在三日目の八月二十一日に本館に移ったのであるが、それまで別館に宿泊していた。この別館付近の土地を求めたようである。

「藤井旅館」に滞在の頃、既にこの件について東兵衛さんにお願いしていたのであったが、改めての要望であった。

後日、東兵衛さんから「先祖伝来の大事な土地であり、申し訳ありませんがお譲りいたしかねます」と、この土地売却の話を断ってきた。

鷗外にとっては残念であったろうが、明治の時代の人であるから「先祖伝来の地」という意識が強かったのはやむを得ぬことであった。

ここでまた、なぜ鷗外が「山田温泉」に土地を求めたかということが気になるところであるが、単純にこの山里の温泉が気に入ったというだけではなかったと思われる。

それは登志子との離婚、その後に押し寄せるであろう余波を想定しての行動であったのではないだろうか。赤松家、そして西周等の怒りはいかにと想い、このまま無事に済まないだろうという予想があったのであろう。

陸軍省軍医の職を離れた時、文芸だけでやって行けるだろうかと自問を繰り返し、「やるしかない」という決意をし、「自立」を考えた上で取った行動であったように察せられた。

赤松家資料文書から見た離婚の経緯

森鷗外と登志子との結婚また離婚については、「西周日記」、「石黒日記」などの短い記事の中に森家や赤松家の人たちの「動き」が見える。

また、赤松家の側の資料が存在しており、杉本完治氏によって書かれた「森鷗外と赤松登志子の、離婚に至る経緯 ―結婚経緯補足を含め、赤松文書紹介―」という研究文書が森鷗外記念会発行の「鷗外92号」に所収されている。赤松側から見た貴重な資料である。

この「赤松文書」のうち主な文書は二点で、「婚儀諸事之記」及び「書翰の下書きと思われる文書」である。ここでは「書翰の下書きと思われる文書」を参考にして鷗外と登志子の離婚に至る経緯や、西周及び両家の人たちの動き、そして鷗外・登志子の当時の気持ちなどを見ていきたい。

これは、離婚の危機に瀕（ひん）している妹 登志子を心配して、兄赤松範一が登志子や鷗外から聞き取りをして事情を確かめ、その概況を手紙に認（したた）め、父 赤松則良に報告しようとしている書簡の下書きと推察される。

赤松則良はこの頃、佐世保鎮守府司令長官として赴任しており、東京を離れていた。赤松家とも森家ともきわめて関係の深い西周が二人の関係を大変心配し、特に赤松家側に寄り添い、鷗外の勝手な行動について申し訳ないという気持ちが伝わってくる。

そして、西周が林太郎を呼びつけて問い質したり、奥方（西升子）が登志子のことを心配して花園町を訪ね、林太郎と別居の状態になったことについて登志子に実際の気持ちを聞いたところ、「できるなら一緒に暮らしたい」と述べていることなども書かれている。

また、登志子の兄が森林太郎から現在の別居となった事情を問い質す内容も見られる。

この手紙（下書き）は、鷗外と登志子の気持ちがまじって二人の生々しい声が聞こえてくるようである。現代語訳（筆者訳）を次に記す。（　）内は筆者の補足。


一昨日（二十三年十月四日と思われる）、花園町森方において認めた書状を郵便に託し投函した後、母上様（赤松則良の妻 貞）が西（周）様のお宅に出向き、奥方（西升子）へ、林太郎と登志子の不和、離婚の危機にあることを詳細にお話したところ奥方はたいへん驚かれ、気の毒にも思はれて、充分に事情を聞いてご返事いたしましょうとのことでありました。

私（登志子の兄範一）もちょうど登志子のいる花園町から戻って林太郎が移った家のことや林太郎の様子など母上にお話しました。

私が林太郎から聞きただしたところ、既に四五日前に千駄木町太田の邸内にある家屋（四十坪程）を買い受けた（実際は「借りた」）ものとみえ、林太郎は仕事を終えるとまっすぐこの家に来て、花園町の方には帰宅致さないとのこと、花園町には弟の篤次郎並びに下女二名をとどめ置いて、千住の母（林太郎の母峰子）に座右の書籍や寝具等、必要な用具類をまとめてもらい、この時に下女二名だけを残して篤次郎と潤三郎等も一緒に家を引き払ったようです。その時初めておとし（登志子）も千駄木に（林太郎が）家屋を買い求めた（実際は「借りた」）ことを知ったとのことです。

男子が一人もおらず女だけになり、普通の時とは違い、産後のため小児を抱くをりも何分にも捨ててはおけず、母上様（赤松貞）は、夕暮れ方より花園町に泊まり掛けでお出かけになりました。取り散らかっている小道具類は一まとめにしているうちに正午になりました。

翌日（五日）午后一時頃母上（赤松貞）より千住の母（林太郎の母峰子）を千駄木のお宅（林太郎が引っ越した千駄木の家に母峰子が来ていたのであろう）に迎えをやったところ、すぐに花園町へまいられましたので、この度かようなことになり、おとし（登志子）も産後間もないので下女だけに任せると言うわけにはいきませんから、しばらく錦町（赤松邸）のほうへ連れて行きますが、小児（赤ん坊）のほうまで里方へ連れていくことはできませんとお断りしました。そちらの方で小児はお引き取りくださいと、強く言いましたところ、承知しましたということで、小児も牛乳で育てることが出来なくはないと、林太郎側で引き取ることを承知しましたので下女に抱かせて引き渡しました。

午後二時頃、西家の奥方（升子）が雨の中、花園町へお出でになり、母上へこの度のことについて夫の周に代わってお詫びを申され、改めてとし（登志子）の気持ちをお尋ねになったところ、当人は、出来ることなら元のように一緒に住みたいとのことでした。

母上はとしと一緒に錦町の屋敷に帰られました。

六日、午后になって西の奥方が錦町の赤松の家のほうにお出でになり、昨日周より林太郎に来るよう書状をやりましたところ、今日午前十一時頃林太郎が参りましたので、この度の仕儀（別居）について問い正しましたところ、全く登志子と気性が合わず、平常一緒に外出することもなく、文学の同志と談話をするのも気に入らないようで、時々筆硯（ひっけん）（文筆）の妨げになり、別居致すことになりましたが、よく相談した上、当人も承知して決めたことで、私（林太郎）が登志子の機嫌をとればなんとか別居などしなくてもすむかもしれませんが、到底私の気性としてそんなことは出来ません。よって別居致したわけですが、決して離婚などは致さず、花園町に小児（赤ん坊）と一緒に住むのであれば、林太郎の妻ですから時々行き来もするつもりで、小生は千駄木の家へ手廻りの道具を持ちはこんで、先ずは下宿の心持ちで住むつもりでございます。なお、千駄木町の家も、私が住むために買い求めた（実際は、「借りた」）ものではありませんせん。父（林太郎の父森静男）も近ごろ病身となりまして、父の保養のため千駄木の方へ引き移る筈で買い求めた家で、幸い下宿にも適しており、引き移った次第でありまして、別に離婚など、深刻な事態が起きたわけではありません。おとし（登志子）並びに小児が共に別居するのであれば、下女一名なり二名なりを付け、その経費はすべて私の出来得る限り仕送りいたすつもりです。なおまた、私の身分は陸軍に勤務致しているわけですが、長官の説とは全く反対のことばかりで、これまでしばしば論争致しておりまして、また文章で論争することも数回に及び、同説の者たちと合同して会を設けあるいは雑誌を発行するなどしてますますその争いも烈しくなってきまして、従って、筆硯（文筆）もますます多忙となり、陸軍における職務も充分に果たすのも難しく、よって官職の方は辞めようかと思うこともありましたが、両親とも承知しません。出来るだけ頑張ってくれと説得致しますので、やむを得ず勤続致しているのでありまして、已の意に反して他説に合わせるなどして自分の考えを曲げるつもりもありません。ですから到底陸軍に職を奉じて一生を終えるとも思われず、万一にもこのようなことがあるならば、只今の文筆の所得だけで充分な生活は立て難く、よってその時にはまたそれに応じた手あてを致すつもりでございますとのことでございます。

　また、西の奥方（西升子）より千住の母（森峰子）が花園町の森方へ同居の有様になったのは御事情でそうなったのでしょうかと尋ねましたところ、家計上の余裕なく千住に於いて心配致しており、登志子もまた心配しておりまして、私（林太郎は）はそのようなことに頓着致しておりませんでしたが、千住より母を呼び寄せて、なお登志子も持病に癪が時々起きますので介抱のためもあり参った次第でして別にとりたてて事情はありません、との返答がありました。

　右のような事情であればこれ以上掛け合いをするわけにもまいらず、皆様におかれましてはよくお考えいただき、何れにか御決定あそばされてくださいませ、と仰せになって（西様の奥方は）お帰りになられました。内情に就ては種々混雑（ごたごた）致しております。こちらで推察するところに間違いがあるかもしれませんが、また後にお便りをさしあげます。いずれにしましても結論を出すのは父上（赤松則良）がご帰京されてからに致したく、つきましては御帰京のご予定をご一報願いたくお待ち申しあげます。

と、以上のような内容である。登志子と鷗外の気持ち、また鷗外の言い訳なども書かれており、極めて、重要な事情が浮き出ている書簡の下書きである。

赤松則良は帰郷後、二人の別居が続く状態をみて決断し、「それほど登志子が気にいらないのなら離縁しろ」と登志子を錦町の赤松家に連れ帰り、森家と義絶することになった。

西周は鷗外に裏切られた失望感でいっぱいであったと察せられる。西も二人の関係修復に向けて尽力したのであるが、こうなった以上、鷗外の気持ちを変えることはできず、離婚に至ってしまった。西もまた鷗外の出入りを差し止め絶縁することになった。

西周はこの頃体調が思わしくなく陸軍省を退官していたが、明治天皇並びに政府、とりわけ山縣有朋から信任が厚く、間もなく貴族院議員に勅選され復帰した。東京学士会院（現 日本学士院）第二代及び第四代会長、独逸学協会学校（現在の独協学園）校長などを務めていた。

二十四年頃から体の衰弱が目立ち、歩行も困難となったが学究への意欲は失うことなく執筆など続けていたようであったが、三十年一月三十一日に死去した。

本郷区駒込千駄木町五十七番地、「千朶山房」（「猫の家」）に移る

赤松家文書にも見られるように、明治二十三年の十月五日に、鷗外は前触れもなく突然、花園町の家を出て本郷駒込千駄木町五十七番地に移り、「千朶山房（せんださんぼう）」と号して、ここに二年間住んでいた。鷗外は別居には相当悩んだようであるが、決意し一度踏み出すとその後の行動は迅（はや）い。この「千朶山房」においてドイツ三部作の最後の小説『文づかひ』が執筆されている。鷗外が住んでいたことを知ってか知らでか、どのような経緯があったか、それから十二年後の三十六年に夏目漱石が移り住んできた。そして三年間住んでいる。ここで処女作であり、出世作となった『我が輩は猫である』をはじめ、『坊ちゃん』、『草枕』などの代表作を執筆している。

鷗外、漱石と並び称せられる文豪が奇しくも同じ家に住んだ偶然には驚かされる。この家を鷗外は「千朶山房」と呼んでいたが、その後漱石が『我が輩は猫である』を書いた家として知られ「猫の家」とも呼ばれるようになった。

十月二十一日に、西周から登志子が気管支炎を病んでいるという手紙（二十日付）が、移ったばかりの千駄木五十七番地の鷗外の借家に届いた。

この日午前中に、西周の升子夫人が登志子を見舞っていた。

西夫妻は、登志子の心痛を察し、赤松の両親の苦悩にも深く同情し、申し訳ないという気持ちでいっぱいであった。

その分、鷗外に対しては、まったく相談もなくこのような大事を勝手に進めたことに、「許せぬ」という気持ちが一層つのって来たと察せられる。子供の頃から事あるごとに目をかけてきたことを考えれば裏切られたという思いがあっても当然であろう。

それでは鷗外が、登志子や赤松家の人たちをはじめ、縁戚の林洞海、その長男の紀（研海）、榎本武揚夫妻、鷗外の上司石黒忠悳軍医監（当時）といった周囲の人たちに対して無神経に自分の感情だけでことをすすめたのであろうか。決してそうではなく、相当に悩んだ上での結論であった。

鷗外の長男於菟の著『父としての鷗外』の中にそれを示す一文がある。

「父もこの間に苦しんで非常に痩せ、大事な父を病人にしてまでこの結婚生活をつづけさせる考えも祖父母になかったというのを私は祖母から聞いた事があるが、（略）……」と、鷗外の両親、とりわけ母峰子は鷗外の苦悩を見てとり、大事な息子の気持ちを他の何よりも優先して二人の離婚を容認せざるを得なかったのである。

「西周日記」十一月十四日（金）の記録には、「夕方、石黒忠悳が訪ねて来た。林太郎の方へ手を廻して気持ちを確かめると言う」とあり、二人が別居した後も、西、赤松、石黒とが慌ただしく往来、交信する様子がうかがえる。なんとか修復させようという気持ちがあったのである。

結局、十一月二十七日に鷗外は妻登志子と正式に離婚することになった。

乳児（長男於菟）の養育をどうするかということが話し合われたわけであるが、千住の鷗外の父母が引き取ることになり、はじめ貰い乳をしていたが、平野甚蔵方へ里子に出すことになった。

養子にほしいという人もいて、鷗外も、鷗外の両親も承諾しようとしたが、祖母の清が「森家の長男を他家へはやらぬ」と強く反対したそうで、そのままになった。祖母清の一言、絶大であった。

長男である於菟は、その実母について、「郷里の先輩で大官でもあった人の媒酌による顕門の女で、容色にすぐれないが教養も学才もあり、また長唄や舞踊にも深い嗜みがあったが、要するに夫をひきつける魅力に乏しかった」と著書『父親としての森鷗外』のなかで生母を客観的に記している。

於菟は生涯、ついに実母登志子に逢う機会がなかった。

鷗外の母、於菟の祖母の峰子は、そんな母をも知らぬ孫の孤独を思い、自分が生きている間に、赤松家の祖父母に会わせておきたいと、当時、第一高等学校の学生であった於菟を赤松男爵夫妻が隠棲していた遠州見付町（現静岡県磐田市見付）の赤松邸に引き連れて行った。

この頃、赤松則良は貴族院議員であったが、議会等がある時はここから東京に出かけたという。

赤松邸はたいへん広く土塀で囲われた重々しい屋敷であった。

祖母の指示で第一高等学校と記した名刺を持って面会したと、於菟は記している。

赤松則良夫妻、つまり於菟の祖父母は、しばらく無言のまま、初めて見る登志子の長男、そして自分たちの孫の顔をじっと感無量の面持ちで見つめていたという。

於菟は一度里子に出されたが、千駄木団子坂の邸宅が出来た頃から鷗外の元に引き取られ、祖母峰子に大事に育てられた。旧制第一高等学校、東京大学医学部を卒業し、台湾大学医学部教授や東邦医大医学部長等を歴任し医学者として活躍した。

継母の志げとの関係が思わしくなく、神経を逆なでするようなことは避けるため、団子坂の家を出て引っ越し、昭和五年に埼玉県大宮町（現さいたま市）の大宮公園近くの盆栽村に家を建てて移った。

本郷区駒込千駄木町二十一番地、団子坂「観潮楼」に移る

明治二十五年（一八九二）、鷗外は三十歳になり、一月三十一日、駒込千駄木町二十一番地に移り、医院を閉じて隠居した父静男、母峰子、祖母清（きよ）とともに住むようになった。

家を増築し、二階を観潮楼と号した。当時は、この団子坂の住居の二階から品川沖が臨めたことから、鷗外が名付けたという。ここから、陸軍省や陸軍軍医学校に人力車や、馬で通勤した。

またこの観潮楼には文人たちが多く訪れていた。「しがらみ草紙」、その後の「めさまし草」の同人である幸田露伴、斉藤緑雨、依田学海、饗庭篁村（あえばこうそん）、森田思軒らが会し、また、四十年頃には佐々木信綱、与謝野寛（鉄幹）、伊藤左千夫を主とする歌会が毎月開催された。

お茶や、時には酒や食事なども出したり、森家の女性たちは接待なども大変であった。

父静男の一周忌記念　明治30年（1897）4月、観潮楼玄関前にて。後列右より弟潤三郎、4人目小金井良精、6人目弟篤次郎、7人目親友の賀古鶴所、8人目鷗外、前列右より篤次郎の妻久子、3人目祖母清子、5人目西周夫人升子、6人目母峰子、7人目の男児が長男於菟、左端で赤ん坊を抱いているのが妹喜美子（文京区立森鴎外記念館所蔵）

於菟によると、四十二年（一九〇九）に「昴（スバル）」が発刊されて以来、与謝野鉄幹・晶子夫妻を中心に石川啄木、吉井勇、木下杢太郎、小林秀雄、高村光太郎、北原白秋ら錚々（そうそう）たる文人が会合したほか、小山内薫・八千代兄妹や、上田敏、柳田国男等もしばしば訪れていた。

於菟はその来客たちの印象を「父親としての森鷗外」の中の「観潮楼始末記」の中で書いているが、石川啄木に関する描写がとりわけリアルで印象深い。

「おでこの石川啄木は故郷の山河に別れて間もない頃であったろう、頭に浮かんだ歌を特有のキンキン声で口ずさむと父が大声で笑う」と書かれている。

鷗外は登志子との離婚以来、その後長く独身生活を続けていた。登志子との離婚については相当に神経を使ったと思われる。母峰子から再婚をいくら勧められても耳を貸すことなく歳月が過ぎた。

一方、登志子は離婚後間もなく再婚し、一男一女をもうけていた。三十年一月、鷗外三十五歳の時、恩人でありながら、図らずも絶縁となっていた西周が死去した。

鷗外は、西への気兼ねをする必要もなくなったのであるが、その後も結婚を避けるようにして過ごし、ひたすら陸軍軍医としての公務、そして文学に打ち込むばかりであった。

母の峰子はいつもそれを苦にしていたが、なかなか言い出せずにいた。峰子は仕方なく、結婚しないことを前提に、いわゆる妾（めかけ）を持たせ、家まで用意して、その女性、児玉セキを住まわせたりしたが、鷗外は一向に気乗りせず、その家に足を向けなかった。

峰子が偶には顔を出してやりなさいと言うと、セキの気持ちを慮（おもんばか）り行くこともあったという。

翌三十一年十月一日、近衛師団軍医部長兼軍医学校長となり、ますます多忙になっていた。十一月には、林洞海の六男で西周の養子になった紳六郎から西周の伝記を依頼され、お詫びの気持ちもあったのであろうか、「西周伝」を著している。

そして、三十二年、鷗外三十七歳の六月八日、陸軍軍医監に任ぜられ小倉第十二師団軍医部長と

○醫務局
長 軍醫總監 從四位勳三等 石黒忠悳
第一課長 軍醫監 從五位勳四等 足立寛
第二課長 二等軍醫正 從六位勳六等 落合泰藏
課員 藥劑監 從六位勳六等 曾根二郎
一等軍醫 正七位 柴田勝央
同 吉田迂一
同 長谷川泰朗
局附 六級 勳八等 小松安利
七級 勳八等 河野正吉
同 酒井策次郎
同 山田定次郎
同 鈴木金三郎
同 島谷義武
八級 木村敬之助
前原
太田
○陸軍軍醫學校
長心得 二等軍醫正 從六位勳三等 森林太郎

明治26年8月「改正官員録」より　「陸軍軍医学校長心得　二等軍医正　従六位勲三等　森林太郎　駒込千駄木町五十七番地」とある（国立国会図書館所蔵）

乃木希典　熊本鎮台歩兵第14連隊に配属、小倉鎮台に赴任。「秋月の乱」の折には連隊長（少佐）として軍を率い鎮圧。日露戦争において旅順攻撃を指揮した。陸軍大将（国立国会図書館所蔵）

して小倉への赴任を命ぜられ、十九日に着任した。

　東京を離れる鷗外の心境について、於菟は、

「必ずしも平らかでなかったことについては、叔父その他の人の書いた物にも散見するし、また出発の際に時の顕官としてはただ一人乃木将軍が父との交誼を重んじて新橋駅に送られた事は、私（森於菟）が『乃木将軍と父鷗外』に記した」と述べている。

　やはり、当時の社会であり、あのような離婚騒動があったことが影響していたのであろうか。鷗外には平素の人間関係において微妙にそう感じられるところがあり、神経を費やしていたようである。

　作家としての名声も高く、その上、陸軍軍医としても順調に栄進してきていると思われるが、本人にしてみれば、左遷、都落ちの感を否めず、寂寥の思いを抱えながら任地に赴いたようであった。

　小倉に赴任して一年経った頃、ついに母峰子が息子鷗外の嫁さがしに再び乗り出した。東京の峰子から手紙が届いた。

「いかに女嫌いのお前様もいやとは申さるまじと候。性質は一度逢いしのみにて何とも申されず候えども怜悧（れいり）なることはたしかに候」とあった。

元妻、登志子の死

三十三年一月二十八日、先妻登志子が三十歳で死去した。その報が、二月八日に、小倉の鷗外の元に親友の賀古鶴所から届いた。封書の中には、新聞に出た登志子の死亡記事の切抜きが入っていた。鷗外は「小倉日記」の中に、次のように記した。

「嗚呼(ああ)是れ我が旧妻なり。於菟の母なり。赤松登志子は眉目妍好(びもくけんこう)ならずと雖(いえど)も、色白く丈高き女子なりき。和漢文を読むことを解し、その漢籍の如きは未見の白文誦すること流るる如くなりき。同棲一年の後、故ありて離別す」

離別した登志子を思い、その死を悼んだ一文である。

「眉目妍好ならず」とは、容姿端麗ではない、綺麗ではないという意味である。登志子は色白くすらっとした姿であったとも書いている。

結局、端的に言えば、鷗外は美人好みであり、登志子があまり好きなタイプでなかったということにつきよう。

鷗外は、登志子が自分との結婚の犠牲にあったと思ったのかもしれない。

初めて見る白文（訓点がついていない漢文）もすらすらと読みこなすなど、登志子のその才能の素晴らしさを讃えている。登志子への謝罪と鎮魂であるように思われた。

鷗外、志げとの再婚

明治三十四年（一九〇一）、小倉第十二師団に在任中の鷗外は、母がすすめた大審院判事荒木博臣の長女志げと結婚することになった。

十一年間の歳月を経てようやく独身生活に終止符を打ったのである。この年、十二月に帰京して、東京帝国大学教授岡田和一郎博士夫妻の媒酌により華燭の典を挙げた。

翌三十五年一月新妻と一緒に再び小倉に戻り、新婚生活が始まった。この時期が二人にとってもっとも穏やかで幸せな蜜月時代であった。

しかし、このような幸せな新婚生活は、あっけなく三カ月後には終わることになった。

鷗外は第一師団軍医部長として東京へ栄転することになった。待望していた帰京であったが、新妻志げを待っていたのは団子坂の邸宅での森家の家族との同居生活であった。

森家には、鷗外の祖母清、母峰子、弟の潤三郎や先妻が生んだ長男於菟（おと）、その他、書生などもおり、文士たちの頻繁なる出入りもあった。その接待などもあり、志げにとって落ち着いてなどいられない激変の生活になった。

森家を仕切っているのは母の峰子であり、やがて後妻志げとの確執はただならない状況になっていく。鷗外は、両者の間に立ってその調停に腐心することになり、ほぼその連続の日々となる。しかし、鷗外はどうしても母峰子の側に立つことになりがちで、志げは不満がつのり、時々ヒステリーを起こすようになった。

鷗外は志げの不満を紛らすために、小説などの執筆をすすめ、自らの雑誌に掲載したり、単行本などを発刊する労をとったりした。

「文豪鷗外は家庭的に不幸の人であった。しかしその人間苦の中にあれだけの仕事をなし遂げたのは驚嘆すべきである。これが一通りの結論であるが……」と、父と新しい母との間をハラハラしながら見ていた於菟の感慨である。

妻の志げ 明治34年（1901）12月、小倉第十二師団に在任中の鷗外は、母がすすめた大審院判事荒木博臣の長女志げと再婚した（文京区立森鷗外記念会所蔵）

於菟から見ても、志げはたいへんな美人であった。その美しさについて、鷗外の生涯の親友である賀古鶴所が、「倶利伽羅紋々(くりからもんもん)の兄い(あに)が出刃包丁を持ってとびこんで来そうな」という表現をしたが、素人には見えない艶やかさ、仇っぽさがあったのであろう。

大体は機嫌が悪いことが多く、於菟は「美しい眉の間に二本の縦皺(たてじわ)のよる」と志げの機嫌の悪い時の顔を形容している。稀ではあるが、機嫌のよい時は「粋で、高等な、品のよい人がら」と、ある人は言ったそうであるが、皆一様にその美貌に見とれたようである。

鷗外四十一歳にして長女茉莉が誕生した。

三十七年（一九〇四）二月、日露戦争が勃発した。鷗外は第二軍医部長に任命されて出征した。「鷗外が日露戦争に際し出征中、志げは長女茉莉（小説「半日」ではお玉ちゃんとして登場）を連れて実家の持家に別居し、観潮楼には鷗外の祖母、母、弟、長男が住むという分裂状態になり、此の別居生活は鷗外の（日露戦争）凱旋後も半年以上続くというありさまであった」と、「鷗外・五人の女と二人の妻」（吉野俊彦著）に記されている。

鷗外は自分が留守中に、母峰子と妻志げが同居することは難しく、またもし自分が戦死するようなことがあった場合、その先志げが困らぬように配慮はしたものの、邸宅、宅地等、ほとんどを母峰子や於菟ら子供たちに相続できるよう遺言書を作成した。

そして、志げとの結婚の媒酌人である東京帝国大学教授岡田和一郎博士及び上田敏（詩人、英文学者、翻訳家「海潮音」等の訳詩集、京都大学教授）に証人となってもらい、立会人に山田元彦を立て、またこの遺言証書を確証するため、念には念を入れ公証人も立てている。

鷗外が家族関係のことに神経を使っていたかがこの遺言書によっても知れる。

しかし、いかに志げのことで神経をすり減らそうとも、離婚をするような気持ちはさらさらなくすっかり惚れこんでいたというのが実際である。

鷗外が満州に出征中であったとはいえ、嫁と姑の確執を理由として、嫁の志げが実家に戻るといった家庭内不和の状況については石黒忠悳はじめ上官たちは「またか」と苦虫を潰していたのであった。

その上、鷗外自身が、こうした家庭内の事情を小説『半日』を発表し、さらけ出したのであった。これに苦悩する鷗外の様子も世間にも知れ渡るところとなった。

苟(いやしく)も鷗外は自らも陸軍省の大幹部である。上官たちが苦々しく思うのも無理からぬところであった。家の中がおさまらない者に国家のことがまかせられるか、といったたぐいの評価であろう。

その上官たちの評価に対して鷗外が神経を尖らせていた様子について、妹の小金井喜美子が次のようなことを記している。

喜美子は兄鷗外のもとへしょっちゅう出向くが、鷗外が小金井の家に来るのは正月くらいであった。ある時めずらしく見えたと思ったら、しばらく葉巻をつけたままじっと黙っていて、ようやく顔をあげて「お前は近頃石本さんに会うかい」と言ったという。

石本さんというのは、陸軍大臣石本新六の夫人のことで、喜美子と同じお茶の水女学校（お茶ノ水女子大学のこと）の出身で、同窓の中では有力者である。その夫人と喜美子は知己の間柄であった。同窓の会に出席さえすればいつでもお目にかかれることを言うと、鷗外は「そうか」と、またしばらく無言であったが、ややあって、こんなことを言ったという。

「仕事上のことで人に批難されるようなことはないのだが、家庭のことであれこれ言われるのは困る、折があったらお前から話しておいてくれ」と、兄鷗外にはめずらしくそんな弱気なところを見せたというのである。そこで、兄に頼まれたように、石本夫人と会った時に、それとなく、

「いつも兄がお世話になっております。いっこく者で、ご迷惑をおかけすることもあると思いますが、奥様からもどうぞお取り成しをよろしくお願い申し上げます」と喜美子は挨拶をした。

陸軍医務局長室の鷗外　明治40年11月、陸軍軍医総監、陸軍省医務局長。医学博士、文学博士。作家（国立国会図書館所蔵）

そのようなわけで、鷗外は、一度離婚をし、現在もまた、妻とのことが人の噂になっていることもあり、家庭の問題についてはだいぶ気にしていたようであったが、その後勤めの上でさしたることもなく過ぎて行った。

四十年（一九〇七）十一月十三日、東大医学部の同期の小池正直のあとを受けて、陸軍省医務局長、軍医総監となり、軍医としては最高位に上り詰めたのである。

翌年、弟篤次郎（とくじろう）が死去した報せが大阪に出張中の鷗外に届いた。軽妙洒脱で、よく気が回って、いつも頼りにしてきた弟であり、鷗外は胸にぽっかりと空洞が出来たような心地であった。

精神的に相当堪えたようである。大学病院で病理解剖することになった時、鷗外も立ち会ったのであるが、出張の疲れと落胆とで途中意識を失い倒れてしまったほどであった。

鷗外は、登志子との離婚の時には陸軍省辞職もやむなしと覚悟を決めていたが公的な立場には格別な障りはなく、その後も官職にあって、官服を脱ぐことなく退官まで勤め上げた。

従二位勲一等に叙せられ、退官後も帝室博物館総長兼図書頭、帝国美術院初代院長などを務め、最後まで公職に就いていた。鷗外は公職にある自分が似つかわしく思っていたようである。

このように位階勲等については高位に叙せられたのであるが、どうやら鷗外は爵位を待ち望んでいたのではないかというふしが見受けられた。かつて縁戚にあった赤松家、西家、榎本家はみな爵位を授けられており、また、陸軍総監、医務局長経験者のかつての上官石黒忠悳しかり、同期の小池正直もしかりであった。なぜ自分に知らせが来ないのか、何か欠けるものがあると言うのか、そのことがむしろ気にかかった。

爵位は公・侯・伯・子・男と五つの格があり、何々公爵家、何々伯爵家などと称されるように「家」の栄誉に関わる称号であった。家の栄誉、これに鷗外のこだわりがあったと推測される。

エリーゼ来日の騒動、登志子との離婚、志げとの家庭内紛争は知られていたが、まさかそんなことが原因とは考えられない。もしかして……、その昔、海軍との脚気(かっけ)論争、兵食論議があったが、その評価が今になって影響しているのだろうか。

鷗外は文学者、小説家としても明治文壇に大きな影響を与え続け、樋口一葉、与謝野晶子など多くの後進を見出し育てた。軍医として、また、文学、芸術の分野においても最高峰にあった鷗外であったが、晩年期のその胸の中にもこんな屈託が去来していたと察せられる。

晩年期の鷗外　大正11年4月、英国皇太子の正倉院御物参観のため奈良へ出張。この後、病に臥し、同年7月9日、午前7時死亡。享年60歳（国立国会図書館所蔵）

「一生かくすことなくつきあったのは鶴所一人である」と鷗外は言った。

この生涯の友、賀古鶴所に遺言口述を依頼した。

大正十一年（一九二二）七月九日、午前七時死亡、享年六十歳であった。病名は萎縮腎という診断であったが、肺結核の症状があることを鷗外自身が知っていた。家族にもわからないよう秘していたのである。法号は貞献院殿文穆思斉大居士。谷中斎場で送葬の儀がとりおこなわれ、向島の弘福寺に埋葬された。故郷津和野には、少年の頃上京して以来、ついに一度も帰ることはなかったのであるが、遺言には「余ハ石見人森林太郎トシテ死せんと欲ス」とあった。それだけに逆にこの遺言の意味が重みをもって迫って来る。

第八章　秋月の人、二人のその後

臼井六郎、その後

鷗外と木付篤が信州「山田温泉」で邂逅した一年後、明治二十四年（一八九一）九月二十二日に、臼井六郎は、大赦により減刑され十年の刑期を終えて小菅の集治監を出所した。

この時、六郎は三十四歳になっていた。

出所のこの日、叔父の上野月下や山岡鉄舟夫人の使いの者が迎えに来ていた。

本郷根津の「神泉亭」という料亭で慰労会を催したいということで、まだ監獄の外に出たばかりの六郎を驚かせた。

とてもそんな大それた席に出席するなどむしろ気が重いことであった。

叔父の月下にお断りしてほしいと頼んだが、山岡先生の奥様のご意向でもあると聞いて、好意を無にすることもできず付いていくしかなかった。

大恩ある山岡鉄舟は六郎が服役中に享年五十三歳で亡くなっていた。

「神泉亭」に着くと、英子（ふさこ）夫人や自由民権指導者の大井憲太郎、星亨（とおる）、貴族院議員原田一道、剣術家の伊庭（いば）想太郎、さる大学教授など世に名の聞こえた錚々（そうそう）たる人たちが出迎えてくれた。

「お疲れ様」、「おめでとう」と口々に労をねぎらってくれ、手を差し伸べて握手をしたり、肩をやさしくたたいたりした。

祝宴の座敷にはお歴々が居並んでいた。

英子夫人が、「六郎さん、お疲れさまでした。鉄太郎になりかわりお祝いを申します」と慰労の言葉をかけてくれた。鉄舟先生の名前を耳にした時には思わず涙が頬を伝い落ちた。

祝宴が始まり、挨拶が次々にあって、いよいよ六郎が挨拶することになった。座から立ち上がると、一座の視線が集まっているのを感じた。思わず上気してしまい、しばらくは言葉も出なかった。

ようやく口を開いた。

「本日は私のためにこのように盛大な祝賀の宴をひらいていただき誠に恐縮に存じております。大恩ある山岡先生の奥様はじめ皆様にご出席いただき身に余る光栄でございます。ですが、私は罪を犯した身でございます。ただただ山岡先生のお教えに背きましたことに深くお詫びを申し上げるのみでございます」と言って、六郎は英子夫人のほうに向きなおり深く頭を下げた。

「これから何を成したらよいか、まったくわかりませんが……、しばらくは静かに考えながら過ごしてまいりたいと存じます。本日まで監獄につながれていた身でありますので、何を申し上げたらよいやら混乱いたしております。ただただお詫びと御礼を申し上げる次第でございます。本日は誠に有り難う存じます」

こう言うのが精いっぱいで喉にひどい渇きを覚えた。

乾杯になり、久々の酒を口にすると五臓六腑に沁み渡り、一気に酔いが回ってつぶれてしまいそうであった。

星亨　政治家、衆議院議長。伊藤内閣の逓信大臣。政界において縦横に手腕を発揮したが、とかく対立し、嫌疑をかけられること多く、東京市会疑獄事件の中心人物と目された。明治34年伊庭想太郎に刺殺された（国立国会図書館所蔵）

次から次へと六郎の前に座っては酒をすすめ、やがて誰が誰やら混濁してきたが、大井憲太郎や星亨などは「臼井君、実に君は立派だ。みな君が罪を犯したなどと思っていない。言い訳一つせず、刑に服した態度は誰も真似ができるものではない。今や時の人である。君の力に僕らは期待しているのだ。国家のため、共に力を合わせて行こうではないか」と唾を飛ばさんばかりにかき口説くのであった。

星亨は様々な顔を持っていた。巨魁といった印象もある。国会開設に奔走、衆議院議員となり、逓信大臣、衆議院議長等を務めたが、東京市会汚職事件によって辞任に追い込まれた。とかく悪評もあった。

六郎は、政治に、国のためにと言われても、何故この僕にそれを言うのかとまったく理解ができずにいた。自分とは関係のない遠くのほうから声が聞こえてくるようであった。意識が朦朧（もうろう）としてきて、何を答えたかもわからなくなっていた。獄中生活で酒など飲むこともなかったため、酔いが体中に回ってしまった。

伊庭想太郎は世に聞こえた剣客であった。家塾文友会を創設し子弟の教育に情熱を傾け、また榎本武揚が創立した東京農学校（現東京農業大学）の校長を務めたことがある教育者でもあった。

伊庭は酔眼ながら六郎に鋭い目を向けた。

「臼井君、君は山岡先生の薫陶を受け激烈な剣の修業をした男だ。君の剣は正義の剣だ。間違ったものでは決してない。共に世の腐敗を正すため正義の剣を振って行こうじゃないか」

そう言って、顔を歪めて笑ったのを覚えている。

六郎はぼんやりした意識の中で、何となく嫌な予感がしたのであった。

まさか、この後の三十四年（一九〇一）六月、伊庭がこの席に同席していた星亨を「天誅」と叫び暗殺しようとは思いもよらないことであった。

山岡道場は、鉄舟が宮内省を退官した十五年に屋敷内に建てられ「清風館道場」と命名された。今も若い大勢の門人たちが修業に励んでいた。

英子夫人は、「山岡は、六郎さんのお気持ち、痛いほどわかっておりました。気にせず落ち着くまでしばらく道場にお出でなさい。山岡が『清風館』と名付けた剣道場ができたのです。六郎さんにも一度見てもらいたいわ。それから先のことはその後ゆっくり考えていけば良いでしょう」と六郎に優しく言ってくれた。

六郎は、「有り難う存じます」と言うのがやっとで、山岡先生ご夫妻の深い御恩をかみしめた。しかし、大罪を犯した身でいくら罪を償ったとはいえ、その好意に甘えるわけにはいかないと思った。

六郎はこの後しばらく東京にいたようであったが、いつの間にか姿を消した。

もう一人の敵、母を殺した萩谷伝之進を追いかけるのではないかという懸念する向きもあったが、大陸に渡ったとの噂もあった。その間の六郎の動向を探るのは難しいところがある。

母の清を殺害した萩谷伝之進が生きている時はまだどこかに憎悪の念を宿していたが、萩谷が狂死して憎む対象を失ってからは虚脱感に襲われ、人の目から逃れるように身を隠したのである。

自分の人生とはいったい何だったのか、人生に悔ゆるなきか、と自問することもあったであろう。

六郎の後半生にはどうしても不幸な印象が付きまとうが、実際はどうであったのか。

六郎が仇討ちをした京橋区三十間堀の黒田邸で家扶(かふ)をし、六郎の仇討ち現場にも居合わせた鵜沼(うぬま)不見人(みずと)の孫にあたる鵜沼岩雄氏が、昭和三十八、九年頃、臼井六郎のその後の足跡を訪ね、六郎ゆかりの人たちに丹念な取材をして、「臼井六郎五十年忌を迎へる」という手記を著している。

祖母のワカは六郎の実の従姉であった。鵜沼氏にとって臼井六郎は身内という意識であり、取材にも熱が入ったことであろう。お蔭で臼井六郎のその後の生活ぶりが伝わったのである。

一時大陸に渡ったらしいことはわかったが、詳細は不明であった。大陸といっても中国なのか、朝鮮半島なのか、何をしていたのかも不明であった。

おそらくは逃避行といったところであったろうか。やがて病気を患ったようであり内地に帰ったという噂があった。

鵜沼氏は、六郎の妹つゆがいた門司や、六郎が晩年まで過ごした鳥栖へと取材を重ねている。

六郎はたまらなく妹つゆと会いたくなったのである。つゆが住んでいる門司に足を向けた。

つゆは、元秋月藩士小林利愛に嫁いでいた。

四歳の頃、父母が惨殺される現場にいて斬られるところも見ており、つゆ自身も斬られたのであった。これほど酷（むご）いことはないだろう。悪夢にうなされ、二度と笑わない子どもになってしまった。

六郎は、つゆのそんな姿を見ては復仇の念を強くしたものであった。

郷里を離れて以来、長いことつゆの顔を見ていなかった。両親の不慮の死後、表情を失ったつゆの顔が浮かぶばかりだった。

結婚相手の小林利愛のことはどのような人かはっきりとはわからない。小林は運送店を経営していた。とにかくつゆを大事にし、幸せにしてくれていればそれだけで十分であった。

六郎は会いに行くことにした。とにかく一度会わずにはいられなかった。

門司駅に迎えに来ていたつゆの顔を見て、六郎はそれだけで涙が溢れた。

つゆも兄を見つめたまま目には涙をいっぱいに溜めていた。

少し離れてつゆの夫の小林が立っていた。二人の様子を見ながらやはりもらい泣きしていた。一目で良い男であることがわかった。

六郎は、義弟の小林利愛の世話で門司駅の前で商売をすることになった。

「薄雪饅頭」という店を経営することになり、場所も良かったのか結構繁盛したようである。

三十八年、親戚の人の世話で加藤ゐえという女性と結婚した。ゐえは二十八歳で、六郎より二十歳も年下であった。

明治40年撮影の臼井六郎　51歳頃の写真。明治38年に加藤ゐえと結婚。その2年後、六郎の叔母の夫八坂甚八からの招きで鳥栖の駅前に移り住み、待合所「八角亭」を経営（朝倉市秋月博物館所蔵）

その二年後、六郎の叔母（父亘理の妹、幾代子）の夫で鳥栖（とす）の八坂甚八からこちらに来ないかと声が掛かった。八坂甚八はこの土地の名士であった。

六郎夫婦は鳥栖の駅前に移り住み、待合所「八角亭」の経営を任されることになった。

鳥栖駅は鹿児島本線と長崎本線が結ばれていて大きな駅であり、待合の客たちで「八角亭（やすみてい）」は随分と賑わい繁盛したという。

六郎夫婦の間に子どもがいなかったので東京の叔父上野月下の次男正博を養子に迎えた。

叔父は六郎が木付篤と一緒に上京した時、文部省の下級役人の苦しい家計のなかであったが、いろいろ心配をし世話をしてくれた。叔父に養子の申し入れをした時も快諾してくれた。

六郎はふと木付を頼って熊谷の町を訪ねていった日のことを思い出した。八カ月ほどの短い月日であったが、木付の世話で熊谷裁判所で机を並べて執務したのであった。

木付の借家に居候をしながら、酒色に身をやつし借金を重ねるなど随分迷惑をかけた。

放蕩は、六郎が「仇討ち」を胸に秘蔵しているのではないかと懸念する木付の目を誤魔化すためであったが、女に心が傾斜していったことも嘘とは言えなかった。

「今頃、どうしているだろうか」と遠い落日を見るごとく〃なか〃のことを思い出していた。

六郎は、仇討ちの決意を木付に気付かれてはならないと思っていた。知れば必ず制止するであろうし、知っていて見逃せば累(るい)が及ぶことになるのである。

増田長雄所長も木付も後ろ盾になってくれていた。このような有り難い話を断ちきれるのか、自問をした。普通の生活、平凡な幸せはすでに捨てていた六郎であったが、それでも考えてみた。人生を左右する最後の選択であった。その上で、一瀬直久への復仇の決意は変わらなかった。

六郎は、これまで何度か、法服を着た判事の自分が法廷の高い席に座り、被告人らを裁く夢を見ることがあった。獄中に見る夢の中にである。

被告席には吉田悟助の顔や一瀬直久、萩谷伝之進らの顔もあった。

原告席には父や母の顔が見えた。ものは言わないが穏やかな表情で六郎を見つめていた。法服を着て高い席に座る六郎を誇らしそうに見ていた。

目覚めてみれば檻のなかである。なんと馬鹿な夢を見たのかと深く吐息を吐いたことは一度や二度ではなかった。心のどこかにそういう夢みたいな気持ちがなかったとは言いきれなかった。

臼井亘理、六郎父子の邸宅跡　慶応4年5月、干城隊の襲撃により六郎の父亘理と母清子が殺害された。300石取りの秋月藩屈指の名家も衰退し、現在は写真のように草の原と化してしまった（筆者撮影）

そんな自分を嫌悪し、振り切るように己に苦しい試練を課した。毎夜、どんなに疲れていようが休むことなく木刀を振った。父母のことを思えば何事も耐えられた。

時は過ぎ、その自分が今は周囲の人たちの支えもあって佐賀県鳥栖町（現鳥栖市）で待合所「八角亭」を経営している。経営も極めて順調であった。

人生というのはいったい何であろうか、自分のことでさえ計り知れなかった。

振り返ってみれば、木付には随分と世話になったものである。自分が仇討ちを実行したことで、木付にも増田所長はじめ裁判所の皆さんにもさぞご迷惑をかけたことであろう。

このごろ、ますます木付のことが懐かしく思いだされた。目をつむると、熊谷裁判所で執務している光景が蘇ってきた。熊谷寺の森から蝉しぐれが聞こえてくるような気がした。

六郎は若い頃山岡道場で鍛錬した体ではあったが、還暦も近くなりこのところ体調が思わしくなかった。

汽車の待合のため「八角亭」に入ってくるお客さんたちに精いっぱいの笑みを浮かべながら、「どうぞごゆっくりお休みください」と挨拶した。

この人があの「最後の仇討ち」の臼井六郎だとは気付かない人も多くなった。六郎を知っている人は連れの者に「あれが、あの仇討ちの臼井六郎だ……」と、そっと視線を向けた。そんなことにも六郎は慣れた。

妻のゐえが元気にお客たちに飲み物や饅頭や茶菓子などの注文を受けたり、忙しく立ち働いていた。「八角亭」には活気が溢れていた。

六郎はそんな光景を穏やかな表情で見ていた。

昔のことをしきりに想い出すのも病のせいだろうか、と思った。

大正六年（一九一七）九月四日、病はついに癒えることなく静かに息を引き取った。享年六十歳であった。

臼井六郎の晩年は、「不幸だった」という人もいれば、待合所「八角亭」の経営も順調で家庭にも恵まれ、「穏やかに幸せに過ごしていた」という人もいたが、そのどちらとも簡単に結論を出すことはできそうにない。

六郎の棺（ひつぎ）は鳥栖の地から郷里秋月に運ばれ、菩提寺である古心寺の臼井家墓地に埋葬された。

古心寺は歴代藩主の菩提寺で、初代藩主の黒田長興公（ながおきこう）が父の長政の菩提を弔うために建立した寺である。

臼井家墓地　秋月の古心寺にある。古心寺には秋月藩歴代藩主の墓がある。左手前が臼井六郎の墓、その隣が父亘理、母清子の墓（筆者撮影）

六郎の父亘理の号「簡堂」と母の名「清子」という文字が刻まれた両親の墓があり、その隣に「臼井六郎の墓」と刻された墓が建てられた。墓地には祖父母や、養父臼井慕の墓もあった。

六郎はやっと郷里の実家、父母のもとに戻って来た。

木付篤、その後

明治二十三年（一八九〇）八月二十四日、新潟始審裁判所判事の木付篤は、信州山田温泉「藤井旅館」において森鷗外と奇しくも邂逅したのであるが、どうしてこのような話をすることになったのか、自分でも不思議な気がした。臼井六郎の仇討ちのことをである。

臼井家は家禄三百石、秋月五万石の小藩にあっては家老職や用人など執政を務める名家であった。それが、あの事件以来静まりかえり、臼井屋敷から笑い声が聞こえて来ることはなくなった。木付は、六郎や妹のつゆの青ざめた表情のない顔を見るといたたまれなかった。

慶応四年五月のあの夜、一瀬ら干城隊の幹部たちが臼井亘理暗殺のため臼井屋敷の中に入った。数え十五歳の少年木付篤は息を詰めて屋敷の奥を見つめていた。

その時間の長かったことや、首を包んだものらしい丸い包みを手に提げて山本克己（後、一瀬直久と改名）や萩谷伝之進らが出て来た時には、これは悪い夢だと思った。あの亘理様が包みの中に……とは思いたくなかった。

「首は取った。行くぞ」

一瀬直久は興奮冷めやらぬ上ずった声で、臼井家の門前で待っていた木付らに叫んだ。

木付の胸に悪寒が走った。足が震えた。

彼らの後をついて杉ノ馬場を家老蓑浦主殿（みのうらとのも）の屋敷に向かった時の、地面から足が浮いて空回（から）りしているような感覚は今でも忘れられなかった。必死に皆の後をついて行った。

さらにはその後、吉田悟助の屋敷に回ったのであるが、亘理暗殺の報告を聞いた時の吉田家老の見開いたまま冷たく光っていたあの眼を今でも思い出す。

木付はこの時、「正義」と信じ加担した天誅、否（いな）暗殺がいかに取り返しのつかないことであったか、わかったような気がした。このことは木付の心の澱（おり）になっていった。


山奥の温泉において鷗外と邂逅したことで、立派な軍医であり新進気鋭の作家が臼井六郎の仇討ち事件のことをどう考えるだろうか、木付は杯を酌み交わした親しみから訊いてみたくなった。

木付の胸には、あの夜の暗殺事件に加担した悔悟（かいご）の念、また臼井六郎の仇討ちを止められなかった自責の念がわだかまっていたのであった。

鷗外は思いのほか、気安く木付を受け入れ、仇討ち譚（たん）にも関心を寄せてくれた。

木付は、自分のほうが鷗外より九歳年長であることが話していてわかった。

官選されてドイツの大学で四年間学んできた軍医であり、今や大注目の作家である鷗外からはその自信がにじみ出ていた。

鷗外が赤松登志子と結婚したのが前年の二十二年であったから、山田温泉で会った二十三年八月の頃というのはまだ新婚生活を送っている時期と言ってよかった。ところが驚いたことに、鷗外は山田温泉から東京に帰って間もなく子供も生まれたばかりだというのに、なんとその直後に離婚をしたのであった。

あの時はそんな様子はまったく見受けられなかったが、既に心に決していたのであろうか。

木付は、「みちの記」の中に自分が話したことがどのように記述されているのか気にかかり、人に頼み「東京新報」を借りて読んでみた。「木村篤」となっていた。鷗外の配慮であると察せられた。さすがに鷗外、短いながら仇討ち譚として印象的にまとめられていた。

その後も、木付は鷗外の活躍には気を留め、新聞小説を読んだり、雑誌、単行本などを買って読むことがあった。


木付篤は、嘉永五年（一八五二）六月十七日に筑前国朝倉郡秋月に木付角左衛門の次男として生まれた。その才能が認められて、藩費で肥後の漢学者竹添進一郎の塾に入り漢籍を修めている。

その後、郡費で県の教員養成所に学び、卒業後は郷里の小学校において教鞭を執っていた。

藩費、郡費で学ぶ機会を得られたということは、かなり優秀であったということである。

そして数年後、臼井六郎と共に上京し、どのように機会を掴んだかは不明であるが、司法省に出仕することとなった。おそらくは元秋月藩の誰かの手蔓で入省したものであろう。

秋月藩から一瀬直久はじめ何名かは司法省等の官員になった者がいた。磯丈之助（宇都宮裁判所）、戸原楨国（司法省判事、後、名古屋地方裁判所長）らがいた。

木付が頼ったとすると、やはり一瀬か磯のどちらかという気がするが断定はできない。ともに元干城隊の隊士であった。

「秋府諸士系譜」を見ると、木付家は代々跡継ぎは角左エ門、助九郎を名乗り、篤の父角左エ門は「二百五十石相続御馬廻被仰付」とあり、御馬廻役を仰せつけられたということからも秋月藩五万石という小藩の中にあっては上のほうの家格であったと思われる。

篤は次男であったから気軽に東京に出られたのであろう。

木付が故郷を出たのは九年（一八七八）八月二十三日であった。

その後、帰る機会があったかどうかは不明である。いずれにしても交通不便の時代、なかなかそんな機会はなかったであろう。ただし、裁判所の判事や判事補は司法省の人事により全国あちこちの裁判所に異動したものであり、木付も九州に二度ばかり赴任したことがあった。

熊谷裁判所からスタートして、広島、鹿児島、宮崎と移っている。もしかすると、赴任の途次、秋月に立ち寄ったことがあったかも知れないが定かではない。

とりわけ、木付にとって司法の世界に足を踏み入れて初めて赴任した熊谷裁判所は、臼井六郎の仇討ち事件のこともあり、最も印象深く記憶していたに違いない。

関所長に最初の手ほどきをいただけたことは、後になって様々な場面でその教えが活かされ有り難かった。教えを反芻しては、その意味することを思料し実践にも役立てたのである。

臼井六郎が山岡鉄舟の道場を辞めて、東京から武州熊谷町に突然顔を見せた時、木付は、「どうしたか……、何かあったのか？」と声が出るほどびっくりした。

一緒に上京した頃と比べ、眼光鋭くこれが六郎かと見間違えるほどに変貌していた。

あの時の六郎の風貌を思い出せば、仇討ちの意志が隠されていたことに気付いても良かったと悔やまれ、なんとか六郎を止められたのではないかとも思い、自責の念に苛まれた。

十四年（一八八一）四月、熊谷裁判所判事補となった　木付篤はますます職務繁多となり、日々の裁判や事務処理に追われた。

熊谷裁判所も広範な地域を管轄する中で手狭になってきており、熊谷寺の北の地（現在の熊谷税務署所の地）から、北東に僅かに二、三町ほど移動した広い敷地（現在のさいたま地方・家庭裁判所熊谷支部所在地）に同年十一月に移転することになった。新庁舎の新築工事が始まっていた。

それにしても、臼井六郎が京橋区三十間堀の旧主黒田長徳邸宅において一瀬直久を討ったという知らせを聞いた時には、木付は血の気が引くほど驚愕した。

熊谷裁判所内の衝撃も大きかった。

「あの臼井六郎さんが……」と上へ下への大騒ぎとなった。

熊谷裁判所の職員はもちろん、町の人たちも人が寄ればすぐにその噂話になった。

師走の昼下がり、店を開けるにはまだ早く、暖簾はまだ店の中にあった。

仕込みも終えて、居酒屋の中で〝なか〟はぽつんと一人六郎のことを考えていた。

六郎の胸の中まで具体的にはわからなかったが、〝敵討ち〟のことがずっと予感としてあった。

今やっと六郎の心中にあったものが見えてきた。

どんなに疲れている時でも、夜半ひそかに木刀や短刀を振っていたのである。それだけでも〝なか〟の心は揺さぶられていた。しかし、この敵討ちを悲願成就として喜んでやるべきかどうか、これからの六郎の向かう先を考えればそう単純に喜べるはずはなかった。

六郎の底しれない孤独が身に迫ってきて、〝なか〟は、自分でも気づかぬうちに「六郎さん……」と、もはや遠くに去ってしまったその人の名を呼んでいた。


この事件は旧主黒田長徳公の屋敷で起きた事件であった。木付はしばらく東京に出ていないので、長徳公の衝撃のほどは如何にと気にかかっていた。

増田所長は、臼井六郎が熊谷裁判所の雇吏の職員であったことは世間にも知れ渡っているので、その対応について臨時会議を開いた。木付にも当然発言の機会があるようであった。

これは幕末から明治に移る動乱の旧幕時代の事件に端を発していることであり、また上等裁判所の判事が殺害された事件であり、新聞等も大きく報道した。また、小説や芝居にもなって話題騒然といった体(てい)で、いやがうえにも目立つ仇討ち事件になってしまった。

十四年四月、衝撃も冷めやらぬまま、増田所長は広島裁判所の所長として異動となり、熊谷の所長は島田正章に代わった。

木付篤は二カ月後の六月に増田所長を追いかけるように広島裁判所判事補として異動した。増田が木付の仕事ぶりを評価していたこともあったが、臼井の仇討ち事件の衝撃を共有する同士であり、また木付の心の内を心配する増田所長の働きもあったのであろう。

翌十五年になると、裁判所は始審裁判所（現在の地方裁判所に相当）と治安裁判所（現在の簡易裁判所に相当）と称されるようになった。

十六年に木付は鹿児島始審裁判所検事補として転任をすることになった。

増田所長も広島控訴裁判所判事として異動となった。

この年からこれまで上等裁判所と称していたのが控訴裁判所と名称が変わり、広島にも控訴裁判所が置かれたのである。

控訴裁判所は、さらに十九年から控訴院となり、東京、大阪、名古屋、広島、長崎、宮城、函館の六箇所に置かれた。現在の高等裁判所である。

当時は裁判所の中に検察が置かれていて、木付も検察の部署に初めて移ったのである。

この頃はまだ大審院（現在の最高裁判所に相当）はじめ各裁判所は司法省（現在の法務省に相当）の管轄下にあった。立法・行政・司法の独立、いわゆる三権分立という制度が徹底した時代ではなかった。当時は、予算や人事、採用など含め司法省に権限があったのである。

ただし、裁判については裁判所の権限に基づいて行われており、全国の裁判所の頂点にあった最高の裁判所が大審院であった。

木付篤が検事補として取り調べ、求刑論告した記録文は今でも幾つか残っている。主に軽微な事件であった。

十七年（一八八四）八月の「改正官員録」を見ると宮崎始審裁判所に移り、ここでも検事補となっている。

この年、十二月二十二日、「太政官達第69号」により太政官制から内閣制度へと転換され、伊藤博文が初代内閣総理大臣に任ぜられた。

十九年六月、木付は宮崎から新潟始審裁判所に検事補として着任した。

ここでも検察を務めている。検察の立場で事件の本質を探究し、量刑を考えていくといった経験を積んだことで、判事となるにあたって適切な判断力や見る目が養われたのではないだろうか。

二十一年六月、木付は新潟始審裁判所高田支庁に移り、この時初めて判事に栄進した。

二十二年二月に大日本帝国憲法が発布され、またその翌年七月には初の帝国議会（衆議院）議員選挙が実施された。とは言っても、選挙権も被選挙権も国税十五円以上納税した三十歳以上の男子に限られていたが、曲がりなりにも議会政治のかたちが造られつつあった。

大きく世の中が動いて行くなか、二十六年八月、木付篤は福井地方裁判所判事として異動した。この後、福井には約六年間勤務している。

そして、三十二年（一八九九）十一月、木付は、台湾総督府法院の判官を拝命し、任地に赴くことになった。台湾とは思いもよらないことであった。

台湾は、日清戦争の後、下関条約が締結され清国から割譲されたのであった。

台湾総督府は、台湾を植民地として統治するため、二十八年に組織された日本の官庁である。この中には、総督官房、文教局、財務局、農商局、警務局、外事局、法務局等、様々な部局が入っている。政府は、ここに優秀な人材を集めようとしていたようであった。

初期の頃は統治に対する抵抗も強く、軍事力を背景にする必要があったためか、総督には軍人が任命されている。

木付が赴任した三十二年当時は、前任の乃木希典に代わって児玉源太郎が総督を務めていた。乃木も児玉も共に陸軍大将になった軍人である。

「法院」（裁判所）は総督府の中に本庁が置かれ、地方にも法院やその支庁があった。

日本の統治下にあるとはいえ、台湾は外国である、先住の部族も住んでおり、言葉も習俗も当然異なる。木付は慣れるまでは容易ではなかったであろう。しかし、一方では過去のしがらみもなく、寧ろ気が楽になった面もあったと思われる。

木付は台湾総督府法院判官として本庁勤務をした後、台北地方法院宜蘭（ぎらん）出張所等の判官として地方勤務も経験している。判官というのは、日本の裁判所における判事のことである。

宜蘭は現在交通が発展し、台北に行くにも便利になったが、明治の頃は山に阻（はば）まれていて、先住部族が昔からの生活習俗を護（まも）っていた。

　木付が赴任した頃には、水源に恵まれた肥沃（ひよく）な土地でもあり、台湾総督府の指導のもと農業が著しく発展し豊かな農村になっていた。

　しかしながら、宜蘭川の氾濫は農民にとって大きな悩みであった。

　三十年、総督府宜蘭支庁長官に任命された西郷菊次郎が、住民の悩みの解消のために堤防を築くことに腐心し、ついに実現にこぎつけたのであった。

　西郷は、川の氾濫の脅威から救われた宜蘭の人々からその後も長く慕われ続けたという。窮地から救い出してくれた人にはそれがたとえ敵（てき）であっても心から慕う。それが人情である。

　宜蘭は台湾の東北部に位置しており、その南に続くのが花蓮県である。太平洋に面した海岸線でつながっている。宜蘭県、花蓮県ともに日本人に親しみをもつ人が少なくない。

　こうした風土の中にあって、木付は次第に台湾の地に馴染んでいった。

　なお、西郷菊次郎は、西郷隆盛が奄美大島に流罪（るざい）となっていた時、島の娘愛加那（あいかな）との間に生まれた息子であった。後、第二代京都市長として市政に尽力し京都市政の歴史に名を残している。

　木付篤は、四十年（一九〇七）四月に八年間の勤務の後、台湾総督府法院判官の職を退職した。退官後も本土に帰ることなく、台湾において弁護士事務所を開業した。

　木付は、「台中縣藍興堡台中街五一七号」の住居を終（つい）の棲家（すみか）としたのであった。台湾総督府法院判官という地位にあったことや、その人柄から信頼があったと察せられる。

台湾漁業株式会社取締役、台中劇場株式会社監査役、有限責任台中信用組合理事等を兼務し、また弁護士としても活躍していた。忙しく働き多くの人たちと交流していたようである。

さらに、木付は台湾俳句協会に所属し、「砕石（さいせき）」と号して文芸などにも勤しんでいたことがわかった。

木付の軌跡をここまで辿ることが出来たのであるが、砕石の作品はついに探しきれなかった。

句集が一冊でも発見できれば、晩年の木付の心境や生活の様子がより詳しくわかったかもしれないが、遠い台湾での活動のことであり、残念ながら彼の俳句を目にする機会は得られなかった。

あらためて、砕石——この俳号に籠められた意味するものは何であろうかと、木付篤の人生と重ねて考えてみた。

砕石とは砕かれた石である。

自分の意志とは別の、何か運命とでもいうか、そんな力によって砕かれ、もはや元の場所に戻ることもならず、遠く異郷の地に運ばれた砕石に自分を譬（たと）えたものであろうか。

筆者には、この俳号から、木付の郷里秋月への望郷の念が溢れているようにも思われた。木付篤

明治43年1月「俳人名簿」（「秀英舎」発行）　明治40年（1907）4月、台湾総督府法院判官の職を退官、台湾で弁護士を開業した、台湾俳句会に所属し「砕石」の号で句作をした（出典『俳人名簿』明治43年 籾山仁三郎編）

は、遙かなる郷里、朝倉郡秋月の方に向かって幾たび北の空を眺めたであろうか。

少年の頃の藩校「稽古館」への通学時、杉ノ馬場を友らと語らいながら歩いたり、野鳥川で水浴びに興じたりした光景が瞼に浮かび、また、若かりし父母が我が名を呼ぶその声が耳に蘇り、涙が出るほどに懐かしく思い出されたに違いない。

人生には数限りない分岐点があり、その先がはっきり見通せるものでもない。偶然の作用によって意志に沿わない方向に引っ張られることもある。その軌道を元に戻せることもあれば戻せないこともある。身の処し方というものはつくづく難しい。

もし、秋月に残っていたら……と、何度も脳裏を過(よぎ)ったことがあった。おそらく秋月の乱に加わざるを得なかったであろう。そして、間違いなく自分の人生はそこで終わっていたはずであった。

「我に悔ゆるなし」――、晩年の木付は俳人砕石として背伸びすることなく、淡々と在るがままに余生を送ったのではないだろうか。

大正五年（一九一六）五月二十四日、木付篤は静かに人生の幕を閉じた。享年六十四歳であった。「木付篤ハ大正五年五月二十四日死亡」と台中地方法院から発表されたのをはじめ、「台北漁業株式会社取締役」、「台北魚市株式会社監査役」、「台中劇場株式会社監査役」、「有限責任 台中信用組合理事」として関係の諸機関、会社から次々に訃報の記事が出た。

郷里秋月から遠く離れ、縁故もなかったであろう台湾の地において交流を広げ、活躍した晩年の木付篤の人柄や活躍の様が改めて偲ばれた。

【参考】森鷗外「みちの記」(全文)

出典

岩波書店「鷗外全集第二十二巻」
昭和四十八年八月発行

※漢字は新字体に直し、仮名遣いは旧仮名遣いのまま表記した。
また「最後の仇討譚」については、その部分を分かり易くするため行を空けて区分した

明治二十三年八月十七日、上野より一番汽車に乗りていづ。途にて一たび車を換ふることありて、横川にて車はてぬ。これより鉄道馬車雇ひて、薄氷嶺にかゝる。その車は外を青「ペンキ」にて塗りたる木の箱にて、中に乗りし十二人の客は肩腰相触れて、膝は犬牙のやうに交錯す。つくりつけの木の腰掛は、「フランケット」二枚敷きても膚を破らむとす。右左に帆木綿のとばりあり、上下にすぢがね引きて、それを帳の端の環にとほしてあけたてす。山路になりてよりは、二頭の馬喘ぎ〳〵引くに、軌幅極めて狭き車の震ること甚しく、雨さへ降りて例の帳閉ぢたれば息籠もりて汗の臭車に満ち、頭痛み堪へがたし。嶺は五六年前に踰えしをりに似ず、泥濘踝を没す。こは車のゆきき漸く繁くなりていたみたるならむ。軌道の二重になりたる処にて、向ひよりの車を待合はすこと二度。この間長きときは三十分もあらむ。あたりの茶店より茶菓子などもて来れど、飲食はむとする人なし。下りになりてより霧深く、背後より吹く風寒く、忽夏を忘れぬ。されど頭のやましきことは前に比べて一層を加へたり。軽井沢停車場の前にて馬車はつ。恰も鈴鐸鳴るをりなりしが、余りの苦しさに直には乗り遷らず。油屋といふ家に入りて憩ふ。信州の鯉はじめて膳に上る、果して何の祥にや。二時間眠りて、頭やゝ軽き心地す。次の汽車に乗ればさきに上野よりの車にて室を同うせし人々もこゝに乗りたり。中には百年も交りたるやうに親みあふも見えて、いとにがにがしき事に覚えぬ。若し方今のありさまにて、傾蓋の交はかゝる所にて求むべしといはゞわれ又何をかいはむ。停車場は蘆葦人長の中に立てり。車のいづるにつれて、蘆の葉まばらになりて桔梗の紫なる、女郎花の黄なる、芒花の赤き、まだ深き霧の中に見ゆ。蝶一つ二つ翅重げに飛べり。車漸く進みゆくに霧晴る。夕日木梢に残りて、またこゝかしこなる断崖の白き処を照せり。忽虹一道ありて、近き山の麓より立てり。幅きはめて広く、山麓の人家三つ四つが程を占めたり。火点しごろ過ぎて上田に着き、上村に宿る。

十八日、上田を発す。汽車の中等室にて英吉利婦人に逢ふ。「カバン」の中より英文の道中記取出して読み、眼鏡かけて車窓の外の山を望み居たりしが、記中には此山三千尺とあり、見る所はあまりに低しなどいう。実に英吉利人はいづくに来ても英吉利人なりと打笑ひぬ。長野にて車を下り、人力車雇ひて須坂に来ぬ。この間に信濃川にかけたる舟橋あり。水清く底見えたり。浅瀬の波舳に触れて底なる石の相磨して声するやうなり。道の傍には細流ありて、岸辺の蘆には鼓子花からみつきたるが、時得顔にさきたり。その蔭には細き腹濃きみどりいろにて羽漆の如き蜻蜓あまた飛びめぐりたるを見る。須坂にて昼餉食べて、乗りきたりし車を山田まで継がせむとせしに、辞みていふ、これよりは路険しく、牛馬ならでは通ひがたし。偶〻牛挽きて山田へ帰る翁ありて、牛の背借さむといふ。これに騎りて須坂を出づ。足指漸く仰ぎて、遂につゞらをりなる山道に入りぬ。ところ〴〵に清泉迸りいでゝ、野生の撫子いと麗しく咲きたり。その外、都にて園に植うる滝菜、水引草など皆野生す。せうれうといふ褐色の蜻蜓あり、群をなして飛べり。日暮るる頃山田の温泉に着きぬ。こゝは山のかひにて、公道を距ること遠ければ、人げすくなく、東京の客などは絶て見えず、僅に越後などより来りて浴する病人あるのみ。宿とすべき家を問ふにふじえやといふが善しといふ。まことは藤井屋なり。主人驚きて簷端傾きたる家の一間払ひて居らす。家のつくり、中庭を囲みて四方に低き楼あり。中庭より直に楼に上るべき梯かけたるなど西洋の裏屋の如し。屋背は深き谿に臨めり。竹樹茂りて水見えねど、急湍の響は絶えず耳に入る。水桶にひしゃく添へて、縁側に置きたるも興あり。室の中央に炉あり、火をおこして煮焚す。されど熱しとも覚えず。食は野菜のみ、魚とては此辺の渓川にて捕らるゝいはなといふものゝ外、なにもなし。飯のそへものに野菜煮よといへば、砂糖もて来たまひしかと問ふ。棒砂糖少し持てきたりしが、煮物に使はむこと惜しければ、無しと答へぬ。茄子、胡豆など醤油のみにて煮て来ぬ。鰹節など加へぬ味頗旨し。酒は麹味を脱せねどこれも旨し。燗をなすには屎壺の形したる陶器にいれて炉の灰に埋む。夕餉果てゝ後、寝床のしろ恭しく求むるを幾許ぞと問へば一人一銭五厘といふ。蚊なし。

　十九日、朝起きて、顔洗ふべき所やあると問へば、家の前なる流を指さしぬ。ギヨオテが伊太利紀行もおもひ出でられてをかし。温泉を環りて立てる家数三十戸ばかり、宿屋は七戸のみ。湯壺は去年まで小屋掛のやうなるものにて、その側まで下駄はきてゆき、男女ともに入ることなりしが、今の混堂立ちて体裁も大に整ひたりといふ。人の浴するさまは外より見ゆ。うるさきは男女皆湯壺の周囲に臥して、手拭を身に纏ひ、湯を汲みてその上に灌ぐことなり。湯に入らんとするには、頸を超え、足を踏みて進まざれば、終日側に立ちて待てども道開かぬことあり。男女の別は、男は多く仰ぎふし、女は多くうつふしになりたるなり。旅店の背なる山に登りて見るに、処々に清泉あり、水清冽なり。半腹に鳳山亭と匾したる四阿屋の簷傾きたるあり、長野辺まで望見るべし。遠山の頂には雪を戴きたるもあり。このめぐりの野は年毎に一たび焚きて、木の繁るを防ぎ、家畜飼ふ料に草を作る処なれば、女郎花、桔梗、石竹などさき乱れたり。折りてかへりて筒にさしぬ。午後泉に入りて蟹など捕へて遊ぶ。崖を下りて渓川の流に近づかむとしたれど、路あまりに険しければ止みぬ。渓川の向ひは炭焼く人の往来する山なりといふ。いま流を渡りて来たる人に問ふに、水浅しといへり。この日野山ゆくをりに被らばやとおもひて菅笠買ひぬ。都にてのやうに名の立たむ憂はあらじ。

二十日になりぬ。こゝに足を駐めむとけふおもひ定めつ、爽旦かねてきゝしいはなといふ魚売に来たるを買ふ、五尾十五銭。鯉も麓なる里より持てきぬといふを、一尾買ひてゆふげの時まで活しおきぬ。流石に信濃の国なれば、鮒をかしらにはあらざりけり、屋背の渓川は魚栖まず、ところのものは明礬多ければなりといふ。いはなの居る河は鳳山亭より左に下りたる処なり。そこへ往かむとて菅笠いたゞき草鞋はきて出でたつ。車前草おひ重りたる細径を下りゆきて、土橋ある処に至る。これ魚栖めりといふ流なり。苔を被ふりたる大石乱立したる間を、水は潜りぬけて流れおつ。足いと長き蜘蛛、ぬれたる巌の間をわたれり、日暮るゝ頃まで岩に腰かけて休ひ、携へたりし文など読む。夕餉の時老女あり菊の葉、茄子など油にてあげたるをもてきぬ。鯉、いはなと共にそへものとす。いはなは香味鮎に似たり。

二十一日、あるじ来て物語す。父は東京にいでしことあれど、おのれは高田より北、吹上より南を知らずといふ。東京の客のこゝへ来ることは、年に一たびあらむなどいへど、それも山田へとてにはあらざるべし。

けふ今までの座敷より本店のかたへ遷る。こゝは農夫の客に占められたりしがやうやく明きしなり。隣の間に髯美しき男あり、あたりを憚らず声高に物語するを聞くに、二言三言の中に必ず県庁といふ。またそれがこの地のさだめかといふ代りに「それがこの鉱泉の憲法か」などいふ癖あり。ある時はわが大学に在りしことを聞知りてか、学士博士などいふ人々三文の価なしといふことしたり顔に弁じぬ。さすがにことわりなきにもあらねど、これにてわれを傷けむとおもふは抑迷ならずや。をり〳〵詩歌など吟ずるを聞くに皆訛れり。おもふにヰルヘルム、ハウフが文に見えたる物学びし猿はかくこそありけめ。唯彼猿はそのむかしを忘れずして、猶亜米利加の山に栖める妻の許へふみおくりしなどいと殊勝に見ゆる節もありしが、この男はおなじ郷の人をも夷の如くいひなして嘲るぞかたはら痛き。少女の挽物細工など籠に入れて売りに来るあり。このお辰まだ十二三なれば、われに百円づゝみ抛出さする憂もなからん。

　二十二日。雨。目の前なる山の頂白雲につゝまれたり。炉に居寄りてふみ読みなどす。東京の新聞やあると求むるに、二日前の朝野新聞と東京公論とありき。こゝにも小説は家ごとに読めり。借りてみるに南翠外史の作、涙香小史の翻訳などなり。

　二十三日、家のあるじに伴はれて、牛の牢といふ渓間にゆく。げに此流には魚栖まずといふもことわりなり。水の触るゝ所、砂石皆赤く、苔などは少しも生ぜず。牛の牢といふ名は、めぐりの石壁削りたるやうにて、昇降いと難ければなり。こゝに来るには、横に道を取りて、杉林を穿ち、迂廻して下ることなり。これより鳳山亭の登りみち、泉ある処に近き荼毘所の迹を見る。石を二行に積みて、其間の土を掘りて竈とし、その上に桁の如く薪を架し、これを棺を載するところとす。棺は桶を用ゐず、大抵箱形なり。さて棺のまはりに糠粃を盛りたる俵六つ或は八つを竪に立掛け、火を焚付く。俵の数は屍の大小により殊なるなり。初薪のみにて焚きしときは、むら焼けになることありて、火箸などにてかきまぜたりしが、糠粃を用ゐそめてより、屍の燃ゆるにつれて、こぼれこみて掩へば、さる憂なしといへり。山田にては土葬するもの少く、多くは荼毘するゆゑ、今も死人あれば此竈を使ふなり。村はずれの薬師堂の前にて、いはなの大なるを買ひて宿の婢に笑はる。いはなは小なるを貴び、且ところの流にて取りたるをよしとするものなるに、わが買ひもてかへりしは、草津のいはなの大なるなれば、味定めて悪からむといふ。嘗みるに果して然り。こゝより薬師堂の方を、六里ばかり越ゆけば草津に至るべし、是れ間道なり。今年の初、欧洲人雪を侵して超えしが、むかしより殆ためしなき事とて、案内者もたゆたひぬと云。

廿四日、天気好し。隣の客つとめて声高に物語するに打驚きて覚めぬ。何事かと聞けば、衛生と虎列拉との事なり。衛生とは人の命延ぶる学なり、人の命長ければ、人口殖えて食足らず、社会のためには利あるべくもあらず。かつ衛生の業盛になれば、病人あらずなるべきに、医のこれを唱ふるは過てり云々。これ等の論、地下のスペンサアを喜ばしむるに足らむ。虎列拉には三種ありて、一を亜細亜虎列拉といい、一を欧羅巴虎列拉といい、一を霍乱という、此病には「バチルレン」といふものありて、華氏百度の熱にて死す云々。これはペッテンコオフエルが疫癘学、コッホが細菌学を倒すに足りぬべし。また恙の虫の事語りていはく、博士なにがしは或るとき見に来しが何のしいだしたることもなかりき、かゝることは処の医こそ熟く知りたれ。何某といふ軍医、恙の虫の論に図など添へて県庁にたてまつりしが、こはところの医のを剽窃したるなり云々。かゝることしたり顔にいひ誇るも例の人の癖なるべし。

おなじ宿に木村篤迚、今新潟始審裁判所の判事勤むる人あり。臼井六郎が事を詳に知れりとて物語す。面白きふし一ツ二ツかきつくべし。当時秋月には少壮者の結べる隊ありて、勤王党と称し、久留米などの応援を頼みて、福岡より洋式の隊来るを、境にて拒み、遂に入れざりしほどの勢なりき。これに反対したる開化党は多く年長けたる士なりしが、其首にたちて事をなす学者二人ありて、皆陽明学者なりし、その一人は六郎が父なりき。勤王党の少壮者二手に分かれて、ある夜彼二人の邸にきりこみぬ。なにがしといふ一人の家を囲みたるをり、鶏の塒にありしが、驚きて鳴きしに、主人すは狐の来しよと、素肌にて起き、戸を出づる処を、名乗掛けて唯一槍に殺しぬ。六郎が父は、其夜酔臥したりしが、枕もとにて声掛けられ、忽ちはね起きて短刀抜きはなし、一たち斫られながら、第二第三の太刀を受けとめぬ。その命を断ちしは第四の太刀なりき。六郎が母もこの夜殺されぬ。はじめ家族までも傷けむといふ心はなかりしが、きり入りし一同の鳥銃放ちて引上げたるとき、一人足らざりしかば、怪みて臼井が邸にかへりて見しに、此男六郎が母に組まれて、其場を去り得ざりしなり。引放たむとするに、母劇しくすまひて、屈する気色なければ、止むを得ずして殺しぬ。六郎が祖父は隠居所にありしが、馳出で、門のあきたるを見て、外なる狼藉者を入れじと、門を鎖さむとせしが、白刃振りて迫られ、勢敵しがたしとやおもひけむ、また隠居所に入りぬ。六郎が母を殺しし人は、今もながらへたり。六郎が父殺しゝ人の、一瀬なりしことは、初知るものなかりしが、故らに迹を滅さむと、きりこみし人々、皆其刀を礪がせし中に、一瀬が刀の刃二個処いちじるしくこぼれたるが、臼井が短刀のはのこぼれに吻合したるより露はれにき。六郎が父の首は人々持ちかへりしが、彼素肌にてつき殺されし人は、ずだずだに切られて、頭さえ砕けたりき。木村氏はそのをり臼井の邸に向ひし一人なりしが、刃にちぬるに至らず、六郎が東京に出でて勤学せむといひしときも、親類のちなみありとて、共に旅立つことゝなりぬ。六郎は東京にて山岡鉄舟の塾に入りて、撃剣を学び、木村氏は熊谷の裁判所に出勤したりしに、或る日六郎尋ねきて、撃剣の時誤りて肋骨一本折りたれば、しばしおん身が許にて保養したしといふ。さて持てきし薬など服して、木村氏のもとにありしが、いつまでも手を空くしてあるべきにあらねば、月給八円の雇吏としぬ。その頃より六郎酒色に酖りて、木村氏に借銭払はすること屡〻なり。やゝありて旅費を求めてこゝを去りぬ。後に聞けば六郎が熊谷に来しは、任所へゆきし一瀬が跡追ひてゆかむに、旅費なければこれを獲むとてなりけり。酒色に酖ると見えしも、木村氏の前をかく繕いしのみにて、夜な〳〵撃剣のわざを鍛ひぬ。任所にては一瀬を打つべき隙なかりしかば、随ひて東京に出で、さて望を遂げぬ。その折の事は世のよく知る所なれば、こゝにはいはず。臼井六郎も今は獄を出でたり。獄中にて西教に傾きたりといへば、彼コルシカ人の「ワンデッタ」に似たる我邦復讐の事、いま奈何におもふらむ。されど其母殺したりといふ人は、安き心もあらぬなるべし。

けふは女郎花、桔梗など折来たりて、再び瓶にさしぬ。

二十五日、法科大学の学生なる丸山といふ人訪ひく。米子の滝の勝を語りて、こゝへ来し途なる須坂より遠からずと教へらる。滝の話は、かねても聞きしことなれど、往て観むとおもふ心切なり。

二十六日、天陰りて霧あり。けふは米子に往かむと、かねて心がまへしたりしが、偶々信濃新報を見しに、処々の水害にかへり路の安からぬこと、かず〳〵書きしるしたれば、最早京に還るべき期も迫りたるに、こゝに停まること久しきにすぎて、思ひかけず期に遅るゝことなどあらむも計られずと、危ぶみおもひて、須坂に在りて待たむといはれし丸山氏のもとへ人をやりて謝し、急ぎて豊野の方へいでたちぬ。この道は、はじめ来しをりの道よりは近きに下り坂なれば、人力車にてゆく。小布施といふ村にて、しばし憩ひぬ。このわたりの野に、鴨頭草のみおひ出でて、目の及ぶかぎり碧きところあり、又秋萩の繁りたる処あり。麻畑の傍を過ぐ、半ば刈りたり。信濃川にいでゝ見るに船橋断えたり。小舟にてわたる。豊野より汽車に乗りて、軽井沢にゆく。途次線路の壊れたるところ多し、又仮に繕ひたるのみなれば、そこに来るごとに車のあゆみを緩くす。近き流を見るに、濁浪岸を打ちて、堤を破りたるところ少からず。されど稲は皆恙なし。夜軽井沢の油屋にやどる。

二十七日、払暁荷車に乗りて鉄道をゆく。さきにのりし箱に比ぶれば、はるかに勝れり。固より撥条なきことは同じけれど、壁なく天井なきために、風のかよひよくて心地あしきことなし。碓氷嶺過ぎて横川に抵る。嶺の路こゝかしこに壊れたるところ多かりしが、そは皆かりに繕ひたれば車通ひしなり。横川よりゆくての方は、山の頽れおちて全く軌道を埋めたるあり、橋のおちたるありて、車かよはずといへば、鞋はきていづ。軌道より左に折れてもとの街道をゆくに、これも断へたる処あれば、山を踰え渓を渡りなどす。松井田より汽車に乗りて高崎に抵り、こゝにて乗りかへて新町につき、人力車を雇ひて本庄にゆけば、上野までの汽車みち、阻礙なしといへり。汽車は日に晒したるに人を載することありて、そのをりの暑さ堪えがたし、西国にてはさぞ甚しからむ。このたびの如き変ある日には是非(ぜひ)なけれど、客をあまりに多く容(い)るゝは、よからぬことなり。また車丁等には、上、中、下等の客といふこゝろなくして、彼は洋服きたれば、定めてありがたき官員ならむ、此(これ)は草鞋はきたれば、定めていやしき農夫ならむといふ想像のみあるやうに見うけたり。上等、中等の室に入りて、切符しらぶるにも、洋服きたる人とその同行者とは問はずして、日本服のものはもらすことなかりき。また豊野の停車場にては、小荷物預けむといひしに、聞届けがたしと、官員がほしていひしを、痛く責めしに、後には何事をいひても、いらへせずなりぬ。これとはうらうへなるは、松井田にて西洋人の乗りしとき、車丁の荷物を持ちはこびたると、松井田より本庄まで汽車のかよはぬ軌道を、洋服きたる人の妻子婢妾(ひしょう)にとほらせ、猶(なお)飽きたらでか、これを空(あ)きたる荷積汽車にのせて人に推(お)させたるなどなりき。渾(すべ)てこの旅の間に、洋服の勢力あるを見しこと、幾度か知られず。茶店、旅宿などにても、極上等の座敷のたゝみは洋服ならでは踏みがたく、洋服着たる人は、後に来りて先ず飲食することをも得つべし。茶代の多少などは第二段の論にて、最大大切なるは、服の和洋なり。旅せむものは心得(こころえ)置くべきことなり。されど奢(おご)るは益なし、洋服にてだにあらば、帆木綿(ほもめん)にてもよからむ。白き上衣の、腋(わき)の下早(は)や黄ばみたるを着たる人も、新しき浴衣(ゆかた)着たる人よりは崇(たっと)ばるゝを見ぬ。

あとがき

代表作『舞姫』が書かれたのは明治二十三年一月、鷗外が新婚まだ一年足らずの頃であった。それから間もない同年八月十七日に長野県山田温泉に向かって出立している。その道中記が「みちの記」である。若き日の生身の鷗外が信濃路の風景に映り込んでいる。鷗外が自然を愛でながら、公務を一切帯びない自由な旅を楽しむ姿が見られる。

鷗外は碓氷馬車鉄道を利用して峠越えをした。この馬車鉄道は、碓氷峠の勾配がきつく汽車がまだ峠を越えられなかった期間に限って利用された。馬車鉄道は、明治二十一年九月五日に難工事を終え開通したが、二十六年四月一日にアプト式鉄道の導入によって信越線が全通したその日、大きな役目を果たし終え廃業となった。

民間の会社であったため国からは何の補償もなかったようである。使い捨てにされたようで気の毒であったが、本題とそれるのでそれはさておき、この日は雨のため馬車の中の鷗外ら乗客たちの苦行がいかばかりであったか、馬の喘ぎとともに峠を進みゆく大変貴重な記録になっている。

また、牛の背に揺られながらの山中行も珍しい場面であり、その中には草花や清流などの目に映る自然がディティールまで描写されている。

山田温泉「藤井屋（旅館）」に逗留中のことであるが、鷗外は、新潟始審裁判所の判事、木村篤

（実は木付篤）という人物と邂逅し、彼の口から臼井六郎の「最後の仇討ち」のことが語られるのを興味深く聴き入っている場面があった。

それは筑前秋月藩に端を発する事件である。木付も臼井も共に秋月の人であった。

明治十一年、木付篤が埼玉県熊谷町の「熊谷裁判所」に勤務していた頃のこと、六郎が前触れもなく木付を頼って訪ねてきた。木付は、六郎に頼まれて裁判所の雇吏として勤められるよう世話をしてやった。それが八カ月勤務しただけで突然職を辞して東京に戻り、その翌年仇討ち事件を起こしたのであった。

復路の道中についても面白いことが書かれている。水害の余波で鉄道が一部不通になっていたり、川が増水し舟橋がはずされていたりと大変な難行であった。また、洋装と和装の違いだけで身分差別する滑稽さなどがアイロニーいっぱいに描かれている。

「みちの記」は記録的価値もあり、実に興味尽きない紀行文である。

本著は、この「みちの記」を軸にして、当時の鷗外の知られざる私生活とその苦悩などについても触れつつ、多くの史料や文献等から得た事実に即して、行間には推察を補いながら、最後の仇討ち事件も挿入した「史実譚」として描いたものである。

そして、鷗外と秋月の人のその後についてもまとめとして記しておいた。

「みちの記」の旅を終えて鷗外が上野花園町の自宅にもどったのは八月二十七日であった。

翌月九月十三日に長男於菟が生まれている。それなのに、十月に入ると突然上野花園町の家を出て別居し、十一月二十七日に妻登志子と離婚をすることになる。

鷗外の人生の一大事がこの時期に起きている。岐路に立たされていたといってよい。

これは単に鷗外と登志子の二人の問題にとどまるものではなかった。森家と赤松家、そして両家の中を取り持った西周がおり、その周辺には錚々たる人たちが取り巻いていたのである。

ドイツ留学帰りの輝かしき超エリートが、これからの日本を背負って立つべきその身分を失うかも知れなかった。鷗外は陸軍省医務局の軍医であることの自負が精神にも身体にも沁みついていた。

絶賛されたとはいえ、出世作『舞姫』を引っ提げ、果たしてそれだけで実際にひとり文壇に立つことが出来るのだろうか。生活が維持できるであろうか。

登志子との婚姻解消はこのように激しい葛藤と苦悩を伴うものであった。

山田温泉に向かう鷗外の胸の中にはそんな屈託があったのである。

それぞれの関係地、山田温泉はじめ、当時鷗外が新婚生活を送っていた上野花園町（現 上野池之端）、千駄木の旧居（現 文京区立森鷗外記念館）、さらに仇討ち事件の臼井六郎と木付篤の出身地、福岡県朝倉市秋月等に出向き、関係機関や現地の多くの方々からご教示をいただき調査を重ねて来た。

やはり取材は自分の足で現地に立つこと、人とふれあうこと、その風を受けることが大切であることを改めて実感した次第である。

結びに取材にご協力をいただいた諸機関を順不同で記し、改めて関係の皆様に深く感謝の意を表したい。

長野県の高山村教育委員会、「一茶ゆかりの里一茶館」、「緑霞山宿 藤井荘」、文京区立森鴎外記念館及び同図書館、福岡県朝倉市秋月博物館、福岡県立図書館、福岡県立宗像高等学校、朝倉市教育委員会、福岡県遠賀町（おんがまち）教育委員会、埼玉県立図書館、熊谷市教育委員会、熊谷市江南文化財センター、熊谷市立図書館、さいたま市の鉄道博物館、群馬県草津町、ベルツ記念館等。

以上、多くの関係機関、皆様にお世話になり、改めて厚く御礼を申し上げる次第である。

また、埼玉新聞社の出版担当 高山展保氏には本著編集にあたり適切な助言をいただいた。お陰をもって本著を無事上梓することができたことに感謝を申し上げたい。

令和七年三月吉日

増田 育雄

【史料】

「秋月御城図文政二年」（福岡県立図書館）
「明治維新當時 秋月住居者」図 （朝倉市秋月博物館）
「朝倉市秋月博物館資料叢書第一集 秋府諸士系譜」（朝倉市秋月博物館）二〇二三年三月
「官報」明治三四年〜大正五年
「掌中官員録」明治八年
「官員録」明治七年〜一〇年
「改正官員録」明治一二年〜二六年
「官報二一二一号附録明治二十三年七月二十五日」より高崎線・横川軽井沢間鉄道馬車・信越線 時刻表（鉄道博物館所蔵）

【参考文献】

森林太郎「鷗外全集第二十二巻『みちの記』」（岩波図書）昭和四八年八月
森林太郎「鷗外全集第三十六巻『舞姫』」（岩波図書）昭和五〇年三月
森 於菟「父親としての森鷗外」（ちくま文庫）一九九三年九月
「鷗外全集月報」（岩波書店）一九七五年一月
「千駄木の鷗外と漱石 二人の交流と作品を歩く」（文京区立森鷗外記念会）令和五年一〇月
山崎一頴監修「特別展 写真の中の鷗外 人生を刻む顔」（文京区森鷗外記念館）特別展 令和四年一月
山崎一頴監修、文京区立本郷図書館鷗外記念室編集「写真でたどる森鷗外の生涯―生誕一四〇周年記念」（文京区教育委員会）平成十九年三月
山崎一頴「森家系譜 附 西家・林家」（文京区立森鷗外記念館所蔵）
森潤三郎「鷗外森林太郎」（丸井書店）昭和一七年四月
小金井喜美子「鷗外の思ひ出」（八木書店）一九五六年一月
小金井喜美子「森鷗外の系族」（岩波書店）二〇〇一年四月
竹盛天雄「鷗外その出発 続突然の東京脱出行―『みちの記』という道中記（一）」平成二〇年四月

竹盛天雄「鷗外その出発　続突然の東京脱出行―『みちの記』という道中記（二）」平成二〇年五月
苦木虎雄「鷗外研究年表」（鷗出版）二〇〇六年六月
山崎一頴監修「森鷗外　明治知識人の歩んだ道」三刷（森鷗外記念館）平成二一年三月
木村繁「鷗外散策　山田温泉と『みちの記』」（千住の鷗外碑保存会）平成二二年一二月
六草いちか「それからのエリス　いま明らかになる鷗外『舞姫』の面影」（講談社）二〇一三年九月
六草いちか「鷗外の恋 舞姫エリスの真実」（講談社）二〇一一年三月
吉野俊彦「鷗外・五人の女と二人の妻」（ネスコ 文芸春秋）一九九四年八月
『鷗外』編集委員会　杉本完治「鷗外92号所収　森鷗外と赤松登志子の、離婚に至る経緯」（森鷗外記念会）平成二五年一月
あまね会「西周日記　明治二十二年」（文京区立鷗外記念本郷図書館内）二〇〇〇年七月
あまね会「西周日記　明治二十三年」（文京区立鷗外記念本郷図書館内）二〇〇三年七月
島根県立大学西周研究会「西周と日本の近代」（ぺりかん社）二〇〇五年五月
陳力衛編「シリーズ〈日本語の語彙〉5 近代の語彙（1）―四民平等の時代―」（朝倉書店）二〇二〇年七月
野田宇太郎「文学散歩14　信濃文学散歩」（文一総合出版刊）昭和五四年四月
渋川　驍「鷗外20　山田温泉と鷗外」（森鷗外記念会）昭和五二年
高山村誌刊行会「信州高山村誌第2巻」（高山村誌編纂委員会）二〇〇五年三月
高山村誌編纂室編「信州高山温泉郷　山田温泉誌」（山田温泉協会）平成一九年十一月
苦木虎雄「郷土石見33　続鷗外こぼれ話（二）」（石見郷土研究懇話会）一九九三年八月
加茂儀一「榎本武揚　日本の隠れたる礎石」（中央公論社）一九六〇年九月
清水　昇「碓氷峠を越えたアプト式鉄道」（交通新聞社）二〇一五年二月
八木富男「碓氷線物語」（あさを社）昭和五四年六月
今城光秀「鉄道ピクトリアル　碓氷馬車鉄道回顧」（鉄道図書刊行会）昭和四四年一〇月
峯房一「一刀正傳無刀流剣道教典」（修文館）昭和九年五月
牛山栄治「山岡鉄舟―春風館道場の人々」（新人物往来社）昭和四九年四月
高野　澄「山岡鉄舟　剣禅話」（たちばな出版）平成一五年九月

甘木市編さん委員会「甘木市史」上巻（甘木市）昭和五七年二月
菊地泰博「シリーズ藩物語　秋月藩」（現代書館）二〇一六年七月
江島茂逸「旧秋月藩用役臼井亘理遭難遺跡」（渡辺耕助）明治四〇年一二月
三浦末雄「物語秋月史　幕末維新編」（亀陽文庫）昭和四一年〜五〇年
三浦良一「物語秋月史　抄本」（秋月郷土館）平成一三年三月
栗田藤平「雷鳴福岡藩　草莽早川勇伝」（弦書房）二〇〇四年七月
野口泰助編著「ふるさとの想い出 写真集 明治 大正 昭和 熊谷」（国書刊行会）昭和五三年八月
熊谷市立図書館編「市内の文化財をめぐる5　熊谷縣とゆかりの人びと」（熊谷市）平成元年
埼玉県編「新編埼玉県史 資料編19」（埼玉県）昭和五八年年三月
埼玉県教育委員会「埼玉県史料叢書7（上）入間・熊谷県史料三」（埼玉県）平成一八年三月
熊谷市史編さん委員会「熊谷市史」（埼玉県熊谷市）昭和三九年四月
鯨井邦彦編著「雑学から見た熊谷ものしり事典」（熊谷雑学研究所）二〇〇九年一一月
松尾正人「廃藩置県　近代統一国家への苦闘」（中央公論社）昭和六一年六月
蕪山厳「司法官試補制度沿革」（慈学社）二〇〇七年
「さいたまの街道」（埼玉新聞社）一九六七年
宇野脩平編「日本街道総覧」（人物往来社）昭和四二年一二月
日下部朝一郎「新編熊谷風土記」（熊谷市郷土文化会）一九六五年
「大日本人物誌」（八紘社）大正二年五月
「日本人名大事典（新撰大人名事典）全七巻」（平凡社）一九九〇十月覆刻版第五刷

【写真・資料提供】
文京区立森鷗外記念館、国立国会図書館、朝倉市秋月博物館、朝倉市教育委員会、福岡県立図書館、福岡県立宗像高等学校、遠賀町教育委員会、高山村教育委員会、緑霞山宿 藤井荘、山田温泉大湯管理者山口知明氏、埼玉県立図書館、熊谷市教育委員会、鉄道博物館、群馬県草津町

【著者略歴】

増田 育雄（ますだ・いくお）

昭和23年生。立命館大学文学部文学科中国文学専攻卒業、千葉県・埼玉県の私立・公立の高校教育に長年携わる。高校長。妻沼地域文化財調査研究会理事兼専門調査員、斎藤別当実盛公敬仰会幹事等、郷土史研究に従事。

【著　書】

「郷土史 長井神社（日向八幡宮）と社家島田家」（ピーアイピー）

源頼義にまつわる島田道竿の大蛇退治の伝承に始まる長井神社の歴史と、戦国時代、上杉・北条・武田の関東覇権をかけた三つ巴の戦乱の中、上杉謙信の属城 羽生城の客将として活躍した地方武士 島田縫殿助（山城守）・助十郎（内匠助）父子が生き残りをかけた転戦の様を描く。

「文豪田山花袋の軌跡『残雪』脱却の旅」（まつやま書房）

大正2年、自然主義文学を牽引し、まだ絶頂期といってよい41歳の頃、早くも「時代に取り残される焦り」を感じ、自身の文学のあり方に葛藤、また、「一人の女」との愛欲に深刻な悩みを抱え、こうした状況から脱却を図ろうともがき、孤独の旅を続けた文豪の姿が映し出される。

信州山田温泉紀行「みちの記」より

史実譚 鷗外と秋月の人

―異聞 臼井六郎最後の仇討ち―

2025年3月21日　初版第1刷発行

著　　者　増田 育雄

発 行 者　関根 正昌

発 行 所　株式会社 埼玉新聞社
〒331-8686 さいたま市北区吉野町2-282-3
電話 048-795-9936（出版担当）

印刷・製本　株式会社 エーヴィスシステムズ

ISBN978-4-87889-563-0 C0095
（定価はカバーに表示）